Et bump på vejen

Denne novellesamling er skrevet med mine forældre
i tankerne. Det er utroligt, hvad de to formår og de er
tillige åbne og nysgerrige mennesker, der altid har støttet
mine skridt, også selv om de ofte ikke forstod mine veje
og afveje. Far og mor, jeg elsker jer!

Tak til metakvinderne:
Helene, Helle, Maria, Ragnhild og Camilla,
for engageret at læse novellerne og hjælpe mig
med at gøre dem bedre ved deres overblik og sans for detaljen.

AGNETHE SØNDERGAARD SØRENSEN

Et bump på vejen

© 2021 – Agnethe Søndergaard Sørensen
Forlag: Books on Demand – Hellerup, Danmark
Fremstilling: Books on Demand – Norderstedt, Tyskland
Bogen er fremstillet efter on-Demand-proces

ISBN 978-87-4306-428-2

Indhold

Tilgivelse – den utro ægtemand

H an blev revet ud af sine selvbebrejdelser, da en flok unge steg på bussen. De var glade, larmende og fulde af liv. Han fæstnede blikket på en pige i stramme bukser. Hold kæft, hvor hun struttede. Han beundrede hendes slanke, kurvede krop. Kroppens lokkende invitation. Han klædte hende af med øjnene og forestillede sig hende i sengen. Hvordan det føltes at kurve hænderne om hendes bryster, og hvordan hendes krop ville smyge sig kælent ind til hans. Så gik hun forbi. Hun værdigede ham ikke et blik. Hun var alt for optaget af sin fnisende samtale med veninden. De satte sig to sæder bag ham, og han måtte anstrenge sig for ikke at vende hovedet og se efter hende. Han bed tænderne sammen og skældte sig selv ud. "Nu må det fandeme stoppe, Bjørn!" lød hans egen stemme vredt inde i hovedet på ham. Han knugede stenen i sin højre hånd så hårdt, at det gjorde ondt. Det havde han godt af, hånede han sig selv. For han skulle tøjle den liderlighed, der havde drevet ham til utroskab. De kørte forbi arresthuset, og han tænkte, at han havde fortjent at blive spærret inde, fordi han havde gjort Beate ondt. Hans elskede kone igennem fireogtyve år. De sidste par år havde hun talt og talt om deres sølvbryllup. Hun havde glædet sig så meget til denne fest. Nu vidste de ikke, om der i det hele taget blev nogen fest. Hvad var der at fejre? Han, røvhullet Bjørn, havde ødelagt det hele! Bussen stoppede ved et stoppested, og et ældre par steg af. De skulle nok på bytur sammen, for de krydsede vejen foran bussen og gik mod Torvebyen. De vandrede af sted hånd i hånd. Måske skulle de shoppe og derefter spise frokost sammen på torvet. Bare det var ham og Beate, der som pensionister kunne bruge en almindelig hverdag til at shoppe sammen i bymidten. Hvis nu han ikke havde været sådan et røvhul. Midtvejskrise kaldte alle det. Han anede ikke helt selv, hvad der havde ramt ham. Bussen kørte videre, og de store, klodsede bygninger, der var skudt op som ukrudt på grunden langs åen, spærrede hans udsyn til parret. Han flyttede modvilligt blikket. Han så op på den blå himmel. Han lagde mærke til, at solen stod højere på himlen. Det var ikke den kolde, lave vintersol, som havde hersket de sidste måneder. I dag var det den første marts, og foråret var kommet – sådan bum – på én dag. Imens han betragtede den blå himmel, løsnedes hans hårde greb om stenen. Stenen var forbrydelsen. Han havde stenen i fordømmelsens hånd for at minde ham om hans forbrydelse. Han korrigererede sig selv: Stenen var symbol på dét, der skulle tilgives, nemlig hans utroskab. Beate havde tilgivet ham. Sagde hun. For det føltes ærligt talt ikke helt sådan. Han havde angrende bedt om tilgivelse, da han kom hjem fra Spanien for et års tid siden. Hun havde givet ham syndsforladelse, men det føltes imidlertid, som om hun var afmålt høflig. Ikke glad og opmærksom på ham, som hun ellers altid havde været. Han strammede grebet om stenen igen. "Vær lidt tålmodig!" sagde han til sin urolige sjæl. "Ét er at få tilgivelse, noget helt andet er at få genoprettet tilliden i et forhold!" Hun havde tilgivet ham, men ikke helt genvundet tilliden til ham. Det var fuldt forståeligt. Han var sindssygt ynkelig: en utro ægtemand uden job. Hvem ville egentlig have en mand som ham? Han kunne ikke en gang tilgive sig selv. Det var derfor, han stadigvæk havde stenen i fordømmelsens hånd.

Han var på vej til endnu et møde i jobcentret. Han var blevet fyret fra sit job som sælger, fordi han havde taget sig en måneds ferie. Han vidste ikke, hvad han havde tænkt på, da han over hals og hoved tog til Spanien. Han havde sagt til Beate, at han skulle på konference med sit arbejde, og på arbejdet havde han sagt, at han tog et par feriedage. Han havde godt nok en måneds ferie til gode, men det sagde sig selv, at man ikke kunne tage fire ugers ferie fra den ene dag til den næste uden at aftale det med sin arbejdsgiver. Derfra havde han ikke nogen plan, kun en vag ide om at ringe hjem fra Spanien og købe mere tid. Han havde, på en eller anden måde, ønsket sig dette så meget, at han havde bildt sig selv ind, at alt det andet nok skulle ordne sig. Det gjorde det ikke. Jobbet røg, og bilen med. Derfor måtte han gå eller tage bussen, når han skulle noget i dagtimerne, hvor Beate var på job. Hun havde altid kørt på arbejdet i deres private bil. Han havde jo, som sælger, haft dyre firmabiler, altid nyeste model. Nu havde han ingen bil, intet job, men masser af tid til selvbebrejdelser. Han var begyndt at læse en del for at få fred i hovedet. På biblioteket havde han fundet en bog om tilgivelsens væsen og praksis. Han læste ikke kun skønlitteratur, men søgte efter bøger om utroskab, om hvad der væltede mennesker af sporet i et ellers almindeligt liv, og om hvordan man kom tilbage på skinnerne igen. Når ikke han læste, så kværnede hans brøde i hovedet. Han forstod ikke, hvorfor han havde ladet det ske. Det føltes så dumt nu. Han kunne simpelthen ikke forstå, at det var ham, Bjørn, der havde forelsket sig hovedkuls i en pige på toogtyve år, som han havde mødt på en cafe, da han var på vej over Fyn. Han havde ikke nøjedes med at råkneppe hende en weekend. Han var gået planken helt ud. Havde taget hende ved hånden og rejst til Malaga sammen med hende i en måned. Det kunne hun godt tillade sig, for hun havde læseferie. Hun var så dejlig og ung. Hun hed Carla og var fra Fyn. Det lød så sødt, når hun talte på den der fynske måde, med bløde d'er. Hun sagde "kat", når hun skulle sige "kan ikke". Han syntes, at det var kært, når hun kaldte ham "utidig". Det gjorde hun tit i en kærlig tone, og han forstod, at hun mente, at han var fjollet. Det animerede ham til at finde på noget mere fjollet. Carla læste til dyrlæge på Københavns Universitet. Hun var ved at skrive sit bachelorprojekt. Det var noget med dyreforsøg. Hun elskede dyr og hadede dyreforsøg. Hun enten elskede eller hadede ting. Ingen kedelige gråzoner der. Hun ville kæmpe mod udnyttelse af dyr til test af kosmetik, mad og medicin. Der var andre metoder til test, forelæste hun. De skulle blot udvikles, og hun ville gøre sit til, at der kom penge til at udvikle alternativer til det store misbrug af dyr til forsøg, der foregik i det ellers så humane Europa. Hun var idealist og ville dedikere sit liv til at stoppe dyremishandlingen, der fandt sted blot for at fodre forfængelighedens bål. Hun holdt mange af den slags taler for ham. Han hørte ikke helt efter, men han åd hende med alle sanserne. Hendes fynske dialekt, der tonede så mildt. Hendes krop, der svajede hypnotisk, når hun fik talt sig varm. Armenes slag i luften, der markerede sagens alvor og hendes indignation. Hendes bryster, som hoppede taktfast til de idealistiske tirader. Hun levede sig helt ind i kampen for dyrevelfærd. Hendes indignation og optagetheden af den gode sag blussede af hendes ungdommelig gejst. Det sugede han til sig, som en vampyr suger blod. Han mærkede, at det var den glød, han savnede i sit liv. Hvor var den ungdommelige gejst blevet af? Hvornår havde han sidst helhjertet kastet sig ind i noget som helst? Det var mange år siden, han havde følt denne fortærende ild i kroppen. Måske betød dét at blive voksen, at man uden at bemærke det mistede gnisten og ilden i sit liv. Måske forsvandt gnisten bare, fordi man tog den ene kedelige og pragmatiske beslutning efter den anden. Og vups – en dag vågnede man uden gejst. Alt var gråt i gråt og leverpostejkedeligt. I Spanien genfandt han lidt gejst ved at få del i Carlas fortærende ild. Det nød han lige så meget som deres lidenskabelige sex.

Nu var de snart fremme ved stationen, hvor han skulle af. Han kiggede ned og åbnede hånden og så på stenen, der lå i den. Det var et forstenet søpindsvin, han havde fundet som dreng og gemt i alle årene. Den var glat, symmetrisk og nærmest perfekt. Det var en skat. Den var god og tryg at have i lommen. Han havde gået med den i lommen det meste af sit liv. På nær perioder, hvor han havde fået lagt den fra sig i vindueskarmen. Den fandt dog altid vej ned i lommen igen. Han holdt af at røre ved den nede i lommen og mærke dens glatte overflade. Stenen var flad på den ene side og bulede ud, som en begyndende ølvom, på den anden. Han tog den en gang imellem op i hånden for at beundre dens symmetriske mønster. Søpindsvinet havde fem hvide, todelte bånd, der mødtes på midten, lige i toppen af rundingen. De hvide bånd samlede sig i en ring. Det var et perfekt mønster på den mørkegrå baggrund. Søpindsvinets runding passede i hans hule hånd. Den var hverken for stor eller for lille. I lommen kunne han føle mønstret med fingerspidserne. Beate kunne også godt lide stenen. Hun havde den hobby at lave smykker af naturting. Hun havde engang foreslået ham, at hun kunne polere stenen op og montere den, så den kunne sættes i en kæde. Selv om mange af de ting, Beate lavede, var flotte, så havde han takket nej, for han ville beholde søpindsvinet, som det var. Det nagede ham lidt, at den nu havde fået status af forbrydelsens sten. Det fortjente den slet ikke, men den lå der i lommen, og så var det den, han havde grebet ud efter, da han skulle bruge en sten. Bjørn fortrød, at han havde udnævnt sin mangeårige følgesvend, sin barndoms skat, til at være en forbrydelsens sten. Han havde sovset det perfekte søpindsvin ind i sin skyld. Okay, det samme havde han gjort med Beate. Både Beate og søpindsvinet var uskyldige og rene. De var sagesløst blevet kastet ind i hans storm af utroskab og anger. De havde ikke haft noget valg, men måtte lide den tort at være udsat for besmittelsen. Han var som en klam blæksprutte, der spruttede og spruttede, og alle, som tilfældigvis var i hans nærhed, blev sværtet til med den sorte sovs. Han var klam, skosede han sig selv. Luften omkring ham føltes tung og iltfattig. Hans blik blev sløret. Han knyttede hånden et par gange og trak vejret helt ned i bunden af lungerne. Han koncentrerede sig om at stille skarpt på søpindsvinet i sin hånd. Søpindsvinet var dét, han skulle tilgive sig selv. Det var utroskaben. Han havde fået ideen fra Desmond Tutus bog om tilgivelsens vej. Bjørn havde læst bogen og taget ét af værktøjerne til sig, som bogen anviste på tilgivelsens vej. Man skulle gå med en sten i højre hånd hele tiden. Stenen var det, der skulle tilgives, og højre hånd var fordømmelsens hånd. På den måde kunne man rent fysisk mærke, hvor meget af ens energi, af ens livskraft, der blev bundet i at fordømme. Bjørn havde mærket, hvor handikappet han var af ikke at kunne tilgive sig selv. Hver gang han skulle bruge højre hånd – og det var tit, for han var højrehåndet – så blev han mindet om, at han var hæmmet af dét, han ikke tilgav. Det virkede sgu efter hensigten, det var der ingen tvivl om. Ifølge Desmond Tutu skulle man, når man havde mærket, hvor tyngende den manglende tilgivelse var, blive parat til at give slip. Man skulle, helt af sig selv, blive parat til at tilgive. Når man var parat, så skulle man flytte stenen fra fordømmelsen hånd over i tilgivelsens hånd, hvilket var hans venstre. Så kunne man mærke lettelsen ved at kunne frigive højre hånd til alle slags gøremål. Sætte hånden og derved sig selv fri. Man skulle selvfølgelig ikke blive ved med at gå med stenen. Måske ville man glemme den en dag, men pointen er, at dét, der skal tilgives, stadigvæk er der. Stenen forsvinder ikke, blot fordi man flytter den over i tilgivelsens hånd. Man sætter bare en masse bunden energi fri ved at få sin højre hånd fri til at skrive, til daglige gøremål og til at give hånd, når man siger goddag til mennesker, man møder. Det var så smukt, syntes Bjørn. Det virkede også så langt. Det først skridt var lige efter bogen. Bjørn havde søpindsvinet i fordømmelsens hånd og mærkede alle effekterne af det. Problemet var bare, at han ikke blev parat til at tilgive sig selv. Det var snarere, som om han ikke ville eller kunne give slip. Han syntes, at han fortjente at være øm i hånden af at knuge stenen hårdt. Han havde ikke fået mere lyst til at tilgive sig selv af at gå med søpindsvinet. Han var begyndt at spekulere på, om han i det hele taget var i sin gode ret til at tilgive sig selv. Hvor ville verden ende, hvis alle bare kunne tilgive sig selv, hvad de havde gjort? Utroskab var slemt, men der var da langt værre ting. Hvad med seriemordere? Dem, der havde udsat andre mennesker for tortur? Skulle de bare sådan lige flytte stenen over i venstre hånd og sige "Pyt med det! Selvfølgelig tilgiver jeg mig selv!"? Hvor ville verden være henne, hvis det var reglen? Ikke desto mindre påstod Desmond Tutu, at tilgivelsen var den eneste farbare vej. Bjørn drejede søpindsvinet i sin hånd, imens han spekulerede. Han kunne ikke bare flytte den over i venstre hånd og sige: "Pyt! Jeg starter forfra!" til sig selv. Hvad skulle han gøre for at blive parat? Beate havde tilgivet ham, hvorfor kunne han så ikke tilgive sig selv? Bjørn kom i tanke om, dengang Bill Clinton var utro og medierne svælgede i affæren. Folkestemningen var ved at vende sig mod Clinton på grund af sidespringet med praktikanten Monica Lewinsky. Her var Bills kone, Hillary, trådt frem og havde sagt: "Hvis jeg kan tilgive ham denne affære, hvorfor kan I så ikke?" Manden var utro, og man måtte formode, at alt kunne blive godt igen, når konen tilgav ham. Men historien endte ikke der, for der var også andre, der skulle tilgive Bill Clinton. Ligesom i Bjørns eget tilfælde: Beate havde tilgivet ham, men hun var ikke den eneste, der skulle tilgive ham, før såret kunne begynde at heles. Han havde brug for at tilgive sig selv, ellers kunne hverken han eller Beate give slip og begynde rejsen tilbage til deres førhen så tillidsfulde forhold. Bjørn prøvede at lægge stenen over i venstre hånd i et forsøg på at gennemtvinge et første skridt til at tilgive sig selv. Han kunne ikke få sig selv til det, dér i bussen. Imens snurrede tankerne om, hvem der var involveret i en tilgivelsesproces, og hvor mange der skulle tilgive. Hvor gik grænsen? Bill Clinton havde også brug for det amerikanske folks tilgivelse. Tilgav Clinton mon sig selv? Eller tog han ikke stilling men overlod det til konen og folket? Hvis de tilgav ham, var han så ok med det, han havde gjort? Bjørn vidste det ikke, men han var ret sikker på, at Clinton ikke havde kvaler med at fortsætte, som om det blot var en mindre fodfejl, han havde gjort sig skyldig i. Så længe verden tillod ham fejlen, ville han frisk og frejdig være på banen. Sådan var politik. Hvis man ville klare sig i den branche, måtte man bare ryste det af sig og komme videre. Hvis man brugte for meget tid på at dømme sig selv, så blev man aldrig til noget i politik. Måske kunne Bjørn lære noget af det. Hvis han ikke kunne få sig over den hurdle, det var at tilgive sig selv, så kunne han måske finde tilgivelse ved en anden instans. Måske ville hans selvtilgivelse naturligt glide ned med verdens tilgivelse. Der var ikke et folk, der skulle tilgive Bjørn. Men hvad nu hvis der var en højere instans? Verdensaltet? Nej, det vidste Bjørn ikke engang, hvad var. Gud? Nej, så skulle han til at gå i kirke, og hvor længe skulle han gøre det, før han kunne mærke, at han var tilgivet? Bjørn syntes ikke, at han havde ubegrænset tid. Han ønskede jo at blive befriet fra sin kredsen om sig selv og sin utroskab, så han kunne koncentrere sig om at være en glad ægtemand for Beate igen. Han følte, at tiden arbejdede imod ham i denne sag. Han ville tabe sit ægteskab på gulvet, hvis han ikke snart kunne fokusere på det. Tiden var kommet til, at han skulle sætte sig ud over sig selv. Bjørn havde ikke tid til at blande hverken Gud eller andre mennesker ind i sit dybe hav af selvbebrejdelser. Hvad var der så tilbage? En højere enhed, som havde magt til at tilgive ham hans utroskab? Han drejede krampagtigt søpindsvinet rundt og rundt i hånden. Han så de hvide bånd dreje rundt og rundt. Det forekom ham, at mønstret på stenen blev til et hjul, der drejede rundt og rundt. Den tanke slog ham, at det var som et skæbnehjul. Tingene, som var ude af hans kontrol, sad som egerne i et hjul. Held og uheld, liv og død. De snurrede rundt og rundt på skæbnehjulet. Når hjulet stoppede, så man, hvad man fik. Skæbnen tildelte lykke efter tilfældighedernes spil. Man vidste aldrig, hvad man fik. Det gik aldrig efter fortjeneste, det var noget, alle måtte erfare. På skæbnehjulet sad de ting, der var ude af det enkelte menneskes kontrol. Når nu Bjørn ikke kunne tilgive sig selv, så var tilgivelsen ude af hans egen kontrol. Om han blev tilgivet, beroede på skæbnens hjul. Han var i skæbnens vold. Bjørn skulle gøre sin indsats. Nu – inden bussen standsede. Søpindsvinet drejede og drejede i hans hånd. Det hvide bånd tegnede skæbnehjulets snurrende hvirvel på den mørkegrå baggrund. "TIK-TAK! Gør din indsats nu! Nu! Før hjulet stopper!" lød det i hans hoved. Gør din indsats, før bussen stopper, skyndede Bjørn på sig selv. Han blev febrilsk og tabte søpindsvinet. Han klemte benene sammen med et ryk og fangede stenen i sit skød, før den rullede videre ned på gulvet. Årh, for helvede, tænkte Bjørn, lad nu være med at kludre i det. Lad være med at tabe det hele på gulvet. Det er nu, skæbnen giver dig chancen for at spille med. Inden bussen stopper. "Køge Station", lød det fra bussens computer, der annoncerede stoppestederne. Bussen trak ind til kantstenen. Folk begyndte at rejse sig for at komme af. Resolut tog Bjørn stenen op til munden. Han puttede den ind i munden og sank. Stenen sad fast i halsen på ham. Han tog sig til halsen og sank flere gange i panik. Selv om stenen var rund og glat, skrabede den ham i svælget, da den passerede. Han mærkede søpindsvinet bane sig vej ned gennem spiserøret, og så var det væk. Mavesækken havde opslugt det. Gud ske lov, fór det igennem hovedet på ham. Et øjeblik havde han troet, at han skulle dø – lige der i bussen. Han rejste sig, idet dørene svingede op. Han gik ud af bussen sammen med de andre passagerer. Han følte sig enormt lettet. Han havde overladt afgørelsen om tilgivelse til skæbnen.

Han stod og betragtede sine medpassagerer, der myldrede videre. Nogle gik mod S-toget, der ventede på perronen. En gruppe gik hen til fodgængerfeltet for at komme over til forretningerne. Han stod lidt og sundede sig med hånden på brystet. Han trak vejret dybt et par gange. Det var en betydningsfuld ting, der lige var sket. For ham. Alle andre hastede videre, men for ham havde verden lige pludselig taget en drejning. Bjørn ville lige finde ro oven på den skæbnesvangre handling. Han ville ikke stresse afsted. Han ville nyde, at beslutningen var truffet og skæbnen havde taget over. Han var fri af spekulationer, for enten passerede søpindsvinet uhindret igennem ham, og han var tilgivet, eller også voldte det problemer med helbredet som straf. Hvad enten han fik straf eller ej, så ville han være tilgivet, og det ville være i orden. Han havde overladt tilgivelsens byrde til skæbnen. Måske skulle stenen opereres ud. Måske ville han blive invalideret, hvis stenen lavede ravage inde i ham. I sidste ende kunne han dø, men så ville han have fortjent det. Skæbnen rådede nu, og han følte sig fri. Han måtte tage, hvad der kom, som en mand. Bussen lukkede dørene og svingede ud fra kantstenen. Han så efter den og smilede skævt, skæbnen sendte ham allerede en besked. På bagsiden af bussen stod der: "Hold afstand! – Find et bedre knald hos os". Det var en reklame for netdatingsiden Scor. dk. Ja, det kunne blive konsekvensen, tænkte han. Han kunne ende med at skulle på netdating, hvis han ikke koncentrerede sig om at være noget for Beate. Men der fandtes ikke noget bedre knald, det vidste han, og han ville vise Beate, at hun kunne stole på ham, i stedet for, som han havde gjort indtil nu, at bruge al sin energi på at prøve at tilgive sig selv. Det budskab fes lige ind. Han sænkede skuldrene, der havde været trukket op alt for længe. Han flyttede fokus fra søpindsvinet i maven og så sig omkring med friske øjne. Han rettede ryggen og begyndte at gå mod jobcentret.

Et bump på vejen

Det var dog utroligt!" udbrød Rose forarget og lavede øjne til Anitta. De sad ved siden af hinanden på sædet lige bag chaufføren i bussen. De havde valgt at tage bussen til stationen, da de skulle til et foredrag i BUPL, pædagogernes faglige organisation. Foredraget ville handle om, hvordan pædagoger kunne få stress af at skulle "curle" både børnehavebørnene og deres forældre. Temaet var ikke så vigtigt. Det vigtige var, at de endelig havde tid til at ses og tale sammen igen, efter at Rose var gået på efterløn ved årsskiftet. Det vil sige, de prøvede at føre en samtale. Nu havde de endelig chancen for at udveksle ligesom i gamle dage, og så sad der en ung mor bag dem med en grædende baby. Pædagogen kom automatisk op i Anitta: "Det dér er et typisk tilfælde af en mors usikkerhed, der smitter af på barnet!" Hun talte højt for at overdøve babyen, derfor kunne de fleste i bussen høre hende. Moren bagved prøvede med fornyet kraft at dæmpe barnets gråd. Hun vuggede den lille i sine arme og tyssede gentagende. "Sshy!" "Sshy!" "Stille nu!", men babyen græd ufortrødent videre. Anitta drejede hovedet halvt om mod moren og sagde i et bedrevidende toneleje: "Jeg forstår ikke, hvorfor et stigende antal unge mennesker sætter børn i verden uden at have begreb om, hvordan de skal takle forældreskabet." Anittas stemme dryppede af sarkasme, da hun fortsatte: "De må da endelig have et kursus i forældreskab på det offentliges regning. Systemet må træde til for at hjælpe. De unge tænker kun på sig selv og forventer altid, at nogen skal træde til og redde deres røv, hvis de ikke lige hurtigt kan google et svar. De forventer, at der som minimum er anonym rådgivning, de kan ringe til, ikke?" Uden at kunne se moren bag sig kunne Rose fornemme, hvordan hun krympede sig i sædet under Anittas berettigede kritik. Imens eskalerede babyens gråd til skrål. Det var enerverende, for det var meningen, at de to skulle hygge sig og genfinde samtalen, som de havde haft i børnehaven, som gode kolleger igennem mange år. Det var to måneder siden, Rose var holdt op som pædagogmedhjælper, og hun savnede sine daglige udvekslinger om løst og fast med Anitta. Roses medfølelse med moren, der tyssede og vuggede sit afkom, forduftede til fordel for en stigende ærgrelse over at miste den kvalitetstid, hun havde håbet at få med sin gode gamle kollega. Hun vendte sig halvt om i sædet og hvæsede til moren: "Så prøv dog med lidt moderkærlighed! For Guds skyld! Det er jo ikke til at få ørenlyd!" Moren undgik øjenkontakt, hun vred sin ene hånd fri af babyens tæppe og trykkede på stopknappen. Hun rejste sig fra sædet og baksede med sin taske og babyen, samtidig med at hun prøvede at holde balancen. Da bussen svingede ind til stoppestedet og bremsede ned, var hun ved at falde med ungen og det hele. "Så vent dog, til bussen holder stille! Du har andre end dig selv at tænke på!" råbte Rose efter hende. Moren fumlede med barnevognen, og en ældre mand rejste sig fra sit sæde og hjalp den unge mor og hendes baby af bussen. Dørene lukkede sig, og den ældre herre returnerede til sin plads, imens han sendte Anitta og Rose et skarpt, bebrejdende blik. "Åh, så galant overfor de unge mødre!" hvislede Rose. De drejede sig tilbage i sædet og satte sig til rette og smilede indforstået til hinanden og genoptog lettet samtalen. "Det var skønt med lidt ro til at tale sammen," sagde Anitta glad. Rose kunne ikke helt ryste episoden af sig: "Der er nogle mennesker, der ikke burde sætte børn i verden." "Det har du evigt ret i!" svarede Anitta: "Vi har jo set det i børnehaven igennem mange år!" Rose nikkede og så trist ud: "Verden er uretfærdig. Nogle mennesker skider bare unger ud uden at tænke det mindste over, om de har noget at tilbyde et barn. Om de har evnen til at sætte sig selv til side, om de er gode rollemodeller, og om de har modet til at opdrage, når der skal opdrages." Anitta nikkede samtykkende, og Rose fortsatte: "Min niece, Gitte, og hendes mand har prøvet og prøvet at få børn. De har været hele møllen igennem med fertilitetsbehandlinger. Det har været utroligt hårdt for dem. De har brugt så mange penge og al deres fritid i flere år på at at få deres ønskebarn. De har overvejet alt og har længe været parate til at blive forældre. Nu er hun 41 år, og manden 45 år. De har accepteret, at de ikke bliver forældre. Selvom de har overskuddet, økonomien og fremfor alt kærligheden til at sikre et barn en tryg og god opvækst. De er bare det perfekte par, og det er uretfærdigt, at de ikke kan få børn. De er godt nok afklaret med deres situation, men hver gang vi mødes til familietamtam, mærker jeg deres sorg. De har accepteret at forblive barnløse, men smerten sidder der. Det kan man både se og føle. Sorgen over ikke at kunne blive forældre lyser ud af deres øjne, især når de taler og leger med Alma og Christian, mine børnebørn. De skulle bare have været forældre, de to. Verden er så uretfærdig. Når man så her i bussen bliver konfronteret med en alt for umoden mor, der ikke engang kan trøste sit eget barn. Hvorfor skulle *hun* have et barn, når *de* ikke kan få et? Jeg bliver så vred over det uretfærdige i det!" Anitta nikkede og rystede på hovedet på samme tid for at tilkendegive, at hun var enig, og at det var trist med al den uretfærdighed i verden.

Emnet var uddebatteret, men der var også vigtigere ting, som Anitta havde på hjertet: "Hvordan går det med at være arbejdsfri?" spurgte hun Rose. Rose lyste op i et glad smil:

"Du skal bare glæde dig! Det er vidunderligt. Jeg savner slet ikke arbejdet. Jo, jeg savner nok at tale med dig og et par stykker andre henne fra børnehaven. Men jeg savner ikke at skulle op klokken lort eller at skulle passe andre folks børn. Det er vidunderligt at kunne være der for mine børnebørn. Er du klar over, hvor mange gratis ting man kan deltage i? Både voksenting og børneting. Der sker hele tiden noget: på biblioteket, i kirken, i foreninger. Der er også gratis udstillinger og museumsbesøg. Jeg har tænkt meget på at blive frivillig i vandreforeningen i Køge. Her får man både god motion og et stort netværk. Når jeg vandrer med dem, kan jeg enten få en god snak med andre eller bare nyde at gå i mine egne tanker, hvis jeg en dag har lyst til det. Jeg var ikke klar over, at der fandtes så mange kønne vandreruter her i Køge. Jeg tænkte på, om det var noget for dig også?" Rose begyndte at rode i sin taske efter noget. "Jeg har en travl hverdag med fuldtidsjob, ved du!" begyndte Anitta at sige. "Pjat med dig! Du har også brug for motion – og hvis du starter nu, så har du allerede et netværk, den dag du går på efterløn!" Anitta blev lidt ærgerlig over at blive fejet til side så let og syntes, at det var på sin plads, at hun fortalte om, hvor skuffet hun var blevet over at opdage, at efterlønnen var blevet reduceret til røv og nøgler. Hun sukkede og sagde: "Jeg troede ærligt talt, at jeg skulle på efterløn, når jeg fyldte 62. Jeg har betalt til ordningen, siden den blev etableret. Derfor har jeg gået og glædet mig de sidste 3-4 år, til at det blev min tur til at komme på efterløn. Jeg føler mig temmelig nedslidt og udbrændt efter alle de år i børnehaven med børn og forældre, som bliver mere og mere krævende og vanskelige. Alle forældrene synes, at der skal tages hensyn til deres specielle behov, og at de har krav på snart det ene og snart det andet. Så klager de og beklager sig. Åh Gud, hvor de beklager sig! Alle synes, at netop deres barn må være undtaget fra denne eller hin regel. Alle skal have deres helt egne særregler. Jeg var klar til at gå, når jeg fylder 62, altså om to år. Men så for nylig fandt jeg ud af, at hvis jeg går på efterløn, når jeg bliver 62, så vil de modregne efterlønsudbetalingerne i min pensionsopsparing. For pokker da! Hvornår har de besluttet det? Bag om ryggen på os lønmodtagere. Det vil udhule min pension, så når jeg skal på pension som 68-årig, kommer jeg hurtigt til kun at skulle leve af den offentlige pension. Altså må jeg bide i det sure æble og tage fire år mere. Ja, det forudsætter sandelig, at de ikke har rykket efterlønsalderen igen til den tid, så jeg først kan gå på efterløn, et halvt år før jeg fylder 68. Hvem ved? Som du sagde, verden er uretfærdig!" Anittas vrede steg, efterhånden som hun fik talt sig varm. – "Ja, det er ret strengt, at de har snigløbet ordningen gang på gang!" medgav Rose og tænkte, at de hellere måtte skifte emne til noget mere neutralt. Børnebørnene var et godt emne at tage fat på, mente hun. Det skulle nok køle Anitta ned igen. Derfor sagde hun: "Vi havde en helt vild fastelavn, mine børnebørn og jeg. Jeg lavede selv deres udklædning helt efter deres eget valg. Ikke noget med at fise ned og købe det færdiglavet, som andre gør. Alma ville være Elsa, den frosne prinsesse fra Disney, du ved, og Christian ville være Humpeligimpen. Kan du huske den der hund, der bliver forhekset til et væsen sammensat af seks forskellige dyr?" Anitta nikkede og tilkendegav dermed, at hun kendte den omtalte figur, som Roses barnebarn ville være. Hun var for overrumplet over det pludselige emneskift til at sige noget. Rose fortsatte begejstret: "Vi tog til to forskellige tøndeslagninger. Vi var afsted både søndag og mandag. Og Christian var så stolt, for han blev kåret som den bedst udklædte begge steder. Jeg var selvfølgelig også stolt af min kreation. Og Alma var bare så fin som Elsa, isprinsessen, og hun blev kåret til kattedronning om søndagen. Vi havde virkelig nogle skønne dage. Bagefter tog vi hjem og drak kakao og spiste fastelavnsboller, jeg selv havde bagt. Det var hyggeligt og sjovt. Mine børnebørn strålede, og det var alt arbejdet med kostumerne værd. Jeg havde købt materialerne i genbrugsbutikken i Den Hvide By." Anitta afbrød Roses beretning i en bitter tone: "Hvor er det dejligt at høre, at du nyder friheden med dine børnebørn!" sagde hun med et forvrænget smil og dybfølt misundelse. Hun syntes, at Rose var begyndt at lyde lidt for Facebook-agtig med al den reklame for, hvilken succes hun havde med sine børnebørn og hjemmelavet dit og dat. For Rose havde jo tiden til at gøre, hvad hun havde lyst til, og kunne derfor bruge al sin energi på at forkæle børnebørnene, når hun ville. Anitta havde selv to børnebørn, men hun havde også et fuldtidsjob og havde derfor ikke, som Rose, overskud til at fabrikere hjemmesyet udklædningstøj. "Ja, vi hygger os virkelig," svarede Rose og ignorerede Anittas bitre tone: "Ved du hvad?" fortsatte Rose ivrigt, imens hendes ansigt lyste op: "Vi kunne tage vores børnebørn med ud sammen en gang imellem til nogle arrangementer. Det kunne da være sjovt, så kunne vi to også få lidt tid til at tale sammen!" "Det går simpelthen ikke i hverdagene," kortede Anitta hende af og forklarede: "Jeg arbejder jo fuldtids og skal derefter tage bus og tog for at hente og bringe mine børnebørn. Derfor kan der ikke blive tale om eftermiddagsarrangementer. Aftenarrangementer er selvsagt udelukket, for de skal meget tidligt op om morgenen. Gert og min svigerdatter har en fast skemalagt hverdag for at få deres arbejde og familielogistikken til at gå op. Nej, hverdagsarrangementer er udelukket for mig og mine børnebørn – også selv om det er gratis. Det er tiden, der mangler!"

"Men kære Anitta, måske kunne vi gøre sådan her: Jeg

kunne hente min Alma og Christian fra skole, og så kunne vi stå parat ved børnehavens stoppested, når du får fri. Du har da fri klokken to tirsdag og onsdag, som du plejer, ikke? Så kunne vi sammen tage bussen og toget ud til din søn og svigerdatter. Det er i Greve, de bor, ikke?" Rose ville ikke opgive sin ide, selv om Anitta havde lagt armene over kors og virkede dødnegativ, så hun skyndte sig at fortsætte, før Anitta fik mulighed for at protestere: "Så henter vi din Malte og Marie fra deres institutioner og laver noget sammen i Greve eller i omegnen et par timer eller tre, så kan Malte og Marie være hjemme til spisetid og være friske til næste dag. Var det ikke noget, hvad? Så får vi alle én på opleveren, ikke?" Anitta følte det lidt, som om Rose sad der og legede pædagog over for hende. Hun forstod tydeligvis ikke Anittas situation. Anitta følte sig udkørt og nedslidt efter en arbejdsdag, også selvom hun havde fri klokken to, for så havde hun mødt klokken syv om morgenen, for helvede. Hun havde troet, at der kun var to år tilbage til efterlønnen, når hun fyldte tres, men nu var der fire lange år. Dobbelt så lang tid, som hun ikke anede, hvordan hun skulle komme igennem. Hun havde brugt alt sit hjerteblod i den børnehave, men regeringen syntes åbenbart, at de kunne suge mere blod ud af hendes allerede tømte årer. Hvad ville der være tilbage, når det blev hendes tur til at få efterløn? En gammel, syg og bitter kvinde, der ikke havde overskud til at sy fastelavnsdragter til sine børnebørn. Uden at hun ville det, løb der en tåre ned ad hendes kind. Rose så det og lagde omsorgsfuldt armen omkring hende og sagde trøstende: "Ved du hvad? Vi dropper det. Jeg kan godt huske, hvor lidt energi jeg havde tilbage efter en arbejdsdag, dengang jeg gik på arbejdet. Du skal glæde dig til det bliver din tur. Sikken en frihed, det er at kunne vågne op om morgenen og gøre, lige som man har lyst til. Prøv at se på den lyse side.

24

Du sparer flere penge op til din pension, hver dag du går på arbejdet. Og du har stadigvæk hverdagen med kollegerne. Hovedet op, Anitta! De fire år går hurtigt. Op med humøret!" Endnu en ide spirede i Rose, og hun fortsatte: "Ved du, hvad vi kunne? Vi kunne tage på weekend sammen. Man kan leje hytter i Sverige, og vi kan låne en bil og køre selv. Så kunne vi tage børnebørnene med. Av, var det ikke en god ide? Så kom du også lidt væk fra hverdagens slid og kunne rigtigt lade op. Var det ikke en ide?" Roses ansigt var igen helt lyst op ved den nye ide. Hun så spændt på Anitta, men Anitta trak sig lidt væk fra hende. Hun snøftede irriteret og sagde: "Jeg har altså ingen penge til den slags. Du husker nok, at jeg var gift med en alkoholiker, der også spillede rub og stub op?" Rose sukkede: "Det er da mange år siden, Anitta!" "Ja, måske," bed Anitta hende af: "Men måske husker du ikke, at jeg skulle dele alt med ham ved skilsmissen – også min pension. Derfor har jeg været nødt til at indbetale en større procentdel af min løn til pensionen lige siden, bare for at ende på en anstændig udbetaling, når jeg går på pension." Rose syntes, at Anitta var lige lovlig negativ, og prøvede endnu en gang at få hende med på vognen. Hun ønskede sådan at få hende revet ud af den selvforstærkende håbløshed. Hun sagde prøvende: "Vi kunne spare op. Lad os planlægge weekendturen et år i forvejen. Det giver os noget at se frem til og giver os tid til at spare op og finde på løsninger på alle de spørgsmål og forhindringer, vi måtte have, inden dagen endelig kommer, hvor vi står og skal afsted." Åh, for pokker, tænkte Anitta, hun forstår ikke en skid. Hvorfor tror folk, der har det nemt, at alting er lige så nemt for andre? Anitta ville gerne forklare Rose det. Hun ønskede, at Rose skulle forstå, at det ikke var så let for hende. Hun overvejede et kort øjeblik, hvordan hun skulle forklare sig. Hun ville være ærlig og frem for alt prøve at fortælle det objektivt. Udlægge det på en stille og rolig måde, uden at blive fanget i sine følelser. Hun begyndte: "Rose, min mand var alkoholiker. Han drak godt nok ikke så meget, da vi var gift, men det skyldtes hovedsageligt, at jeg konstant var på mærkerne og holdt ham i ørene. Er du klar over, hvor meget energi det koster altid at skulle være et skridt foran den alkoholiker, man lever sammen med?" – "ÅRH, ikke den historie igen!" sukkede Rose opgivende, men Anitta fortsatte ufortrødent. Det var vigtigt, det her: "Nej, det kan du ikke vide. Det kan man kun vide, hvis man har prøvet det. At leve med en alkoholiker, som også er ludoman, er lidt ligesom at have konstant stress. Man skal hele tiden være årvågen. Og selv da, så skejede han ud en gang imellem og gik på druk i flere dage. Jeg prøvede at forhindre det på alle mulige måder, men alligevel skete det, med jævne mellemrum, at han blev væk. Når han fandt hjem igen, opdagede jeg, at det endnu en gang var lykkedes ham at dræne min kassebeholdning, som jeg skulle bruge til at betale regninger. Eller han havde haft snablen nede i min opsparing eller på én eller anden måde fået scoret børnetilskuddet. Jeg kæmpede og kæmpede, men hans drikkeri og spillemani vandt altid. Netop som jeg syntes, at nu gik det fint, og jeg havde fået oparbejdet et lillebitte overskud, så stjal han det. Han stjal mine drømme og mine håb, Rose. Ved du, hvordan det føles? Ved du, hvordan det føles at få stjålet sit håb igen og igen? At kæmpe og kæmpe, og at det hele viser sig at være forgæves?"

"Vi har alle vores kampe, Anitta!" sagde Rose med alle tegn på utålmodighed: "Du er ikke den eneste, der har haft det svært. Prøv nu at se fremad! Du hænger for meget fast i fortiden!" Anitta afbrød næsten råbende: "Nå, men så hør, hvad min fremtid er: Det er, at jeg blev af med alkoholikeren, der stjal mine håb i ungdommen, men nu er staten trådt i stedet og har stjålet mit håb om efterløn i alderdommen. Staten har stjålet mine håb og drømme. Min fremtid er, at det aldrig holder op. At der altid kommer nogen og stjæler mit håb. Bedst som jeg har tilkæmpet mig en lille bid af håb igen, så kommer der nogen og sjæler det. HAPS!" Anitta huggede ud med hånden, der var formet som et næb, og som tog en bid af Roses skulder, for at hun skulle mærke, hvordan det var, at ens håb blev snuppet. "AV!" Rose tog sig til skulderen. Så drejede hun hovedet væk og så ud af ruden. "Undskyld," begyndte Anitta brødebetynget og lagde hånden på Roses skulder. Rose rystede bare tavst på hovedet og fortsatte med at kigge ud. Anitta ærgrede sig over, at følelserne alligevel havde taget magten over hende. Det skete, hver gang hun skulle fortælle om sit ægteskab. Nu, hvor hun havde fået den knockout, at hun ikke kunne få efterløn, som hun havde håbet, var det blevet endnu værre. Det var, som om at sårene, som hun ellers havde troet var helede, nu var brudt op igen. Denne gang mere betændte, end de nogensinde før havde været.

Rose og Anitta sad tavse ved siden af hinanden. Ingen af dem vidste, hvordan de skulle få gang i snakken igen. Anittas tanker tog på langfart tilbage til hendes år med Søren. Da Gert blev 18 år, søgte Anitta skilsmisse. Hun havde kæmpet for at holde sammen på ægteskabet for deres søns skyld, men nu kunne det være nok. Anitta ville ikke mere. Hun drømte om at kunne spare sammen til ferier. Hun ville ikke mere have en hverdag, hvor hun skulle spinke og spare for at få budgettet til at hænge sammen. Hun tjente ikke supermeget som pædagog i børnehaven, og hendes mand, Søren, brugte det meste af det, *han* tjente, på tips- eller lottosystemer og på sine drukture. Derfor var det hendes løn, der skulle gå til kost, husleje, regninger og familiens fornødenheder. Det var meningen, at han skulle betale kosten, tøj og ferier, men han bidrog ikke regelmæssigt. Det var kun en gang imellem, at han gav hende en håndfuld tusinde kroner. Når han gjorde det, var han enormt stolt af sig selv og gjorde et stort nummer ud af det. "Køb lidt lækkert til dig selv, skat!" kunne han sige eller foreslå hende at flotte sig og lave oksesteg til middag. Men pengene gik altid lige lukt i den gabende tomme huslejekasse. Det var huslejen, hun udskød, hvis der lige manglede lidt penge ved månedsskiftet. For hun vidste, at de ikke ville blive smidt på gaden, før der var blevet rykket for lejen flere gange. Andre regninger var der større konsekvens ved at udskyde, så det var altid huslejen, der blev syltet. På den måde kunne hun holde skindet på næsen. Rykkere kostede et gebyr på 150 kroner, så det var dyrt at gøre det. Men det tillod hende at jonglere lidt med pengene og klare sig igennem krisen. Den længste periode, hun havde været bagud med huslejen, var 5 måneder i træk. Hun var begyndt at blive bange for, at de endelig ville blive sat på gaden, at deres deroute var total. At hun ville være nået vejs ende med kampen for at være en rigtig familie. At hun havde tabt alt på gulvet. Men så var Søren kommet hjem og havde givet hende 25.000 kroner. Han var stolt som en pave. Hans tipssystem havde vist sit værd, pralede han. Hun spurgte ham, hvor meget han da havde vundet, men han havde svaret svævende og undvigende. Hun fandt aldrig ud af det. Han ville ikke fortælle hende det. Én af hans drukkammerater, som hun en dag udfrittede, da hun mødte ham nede i supermarkedet, påstod, at Søren havde vundet over 100.000 kroner. En anden af hans venner kom en dag til at tale over sig, da han var hjemme hos dem en søndag for at se fodboldfinale sammen med Søren. De sad i stuen og drak øl og råbte, imens de kommenterede kampen. Gert hang på de to mænd og nød at være med i mandehørmen foran fjernsynet. De havde købt chips, slik og bajere, og Gert havde fået en sodavand. Bagefter spiste de middag sammen. Anitta havde tilberedt fodboldburgere, og de hyggede sig. Deres hold havde vundet, og der var sejrsstemning i køkkenet. Sørens ven fortalte, at han skulle til Tyskland og se slutrunderne i Europamesterskabet i fodbold den sommer. Det løb af stablen i juni måned. Han fortalte glad, at han havde købt billet igennem fodboldforeningen til det hele, hotel, busrejse og kampene. Det kostede ikke ret meget, sagde han og opfordrede Søren til at tage med. Det kunne da være sjovt, hvis de kunne følges. Da Søren trak lidt på det, forsøgte vennen på alle mulige måder at overbevise ham om, at det var en god ide. Søren undveg og kom ikke med et klart tilsagn. Typisk ham, havde Anitta tænkt. Hun kunne heller aldrig få ham med på en plan. Man skulle vente og vente på et svar, og det blev som regel aldrig til noget alligevel. Der var altid en undskyldning. Vennen ville åbenbart gerne have Søren med på turen, og til sidst satte han trumf på og sagde, at når nu Søren havde vundet en kvart million, så kunne der ikke være noget til hinder for, at han tog afsted. Søren var jo rig og kunne gøre, som han ville, ikke? Der blev pinlig tavshed i køkkenet. Selv Gert, den lille stump, mærkede den akavede stemning. Han sad og vred sig på stolen. Søren brød den ubehagelige tavshed og prøvede at redde situationen. Nej, det var vilde rygter, så meget havde han aldrig vundet, bedyrede han med ængstelige sideblikke til Anitta. Den præmiesum blev også højere og højere, for hver gang nogen syntes, at han skulle bruge penge på det ene eller det andet, sagde han anklagende. Anitta havde aldrig bedt ham om flere penge end de 25.000, som han frivilligt havde undt hende af sin præmie. Men hvad havde han vundet? 100.000? Eller 250.000? Hvor meget? Det plagede hende, at

29

hun ikke vidste det. Hold kæft, hvor var hun blevet ført bag lyset. Hun var godt gammeldags vred på ham. Hvor havde han gjort af resten af pengene? Han havde i hvert fald formøblet det hele, for da de blev skilt, dengang Gert fyldte 18, var boet blevet gjort op af en advokat med henblik på deling. Det viste sig, at de kun havde de penge og værdier, som hun havde puttet i den fælles husholdning. Han havde intet – intet! Ikke engang en pensionsopsparing eller en forsikring, det svin! Ved skilsmissen havde de skullet dele alt det, hun havde knoklet for. Han fik del i hendes pension og de beskedne beløb, som stod på HENDES konti. Hun kom til at udbetale ham et beløb svarende til den anslåede værdi af HENDES lejlighed og indbo. Det var ikke meget objektivt set, men for hende var det alt. Hun havde kæmpet med at genvinde den finansielle status quo efter skilsmissen. Det havde taget flere år. Hun oplevede dog at få flere penge mellem hænderne, og da Gert flyttede hjemmefra, fik hun det helt godt. Heldigvis havde Søren drukket sig ihjel for de penge, han havde suget ud af hende, og han døde, mindre et år efter at de var blevet skilt. Lidt retfærdighed var der dog til! Ikke desto mindre havde han nået at bruge det, som hun var blevet pålagt at betale til ham ved skilsmissen. Gert arvede intet. Han fraskrev sig klogelig arv og gæld. Kommunen betalte bisættelsen. Anitta var gået med til bisættelsen for Gerts skyld. De var kun fire i kirken. Ikke engang nok til at bære kisten ud til rustvognen. Anitta kunne ikke lade være med at fryde sig. Tænk, hvilken begravelse han kunne have købt sig for en kvart million. Og venner nok til at bære kisten. Ha ha, gid han måtte rådne op i Helvede, det svin. Han havde stjålet fra hende. Ikke alene havde han suget alle de penge, hun havde formået at skaffe, ud af hende, han havde også suget hendes håb. Det svin! Og nu kom staten og bragte det hele op til overfladen igen. De svin! Hun kunne snart ikke mere. Hun snøftede og blev revet tilbage til virkeligheden i bussen ved lyden af sit eget snøft. Hun skævede hen til Rose, der stadigvæk sad demonstrativt og kiggede ud af vinduet. Anitta havde glædet sig sådan til denne dag, og til at de skulle tale sammen som i gamle dage. Nu virkede det, som om der var en kæmpe kløft imellem dem. Hvad var der sket? – Og ikke mindst: Hvordan skulle de få genoprettet deres forhold? Anitta spekulerede som en gal over, hvordan hun skulle indlede en samtale. Rose forstod tydeligvis ikke Anittas sorg over hendes knuste håb. Hun forstod ikke, at hendes begejstring over sit efterlønsliv var som salt i Anittas åbne sår. Men det måtte ikke være enden, tænkte Anitta, der måtte da være mere imellem dem. Efter alle disse år med gode, daglige samtaler.

Rose sad og mærkede, hvordan Anittas negativitet og misundelse havde drænet hende for energi. Hun kunne mærke, hvordan hun stejlede overfor sådanne negative mennesker. Det havde hun altid gjort, men hun havde aldrig opfattet Anitta som én af dem. Anitta måtte bare have en dårlig dag. Deres mangeårige venskab skulle da ikke bare kastes væk på grund af en dårlig dag, vel? Rose spekulerede som en gal på, hvordan hun skulle indlede en ny samtale, så de kunne blive gode venner igen. Tænk, tænk, sagde hun til sig selv. Find på noget! Pludselig gjorde bussen et hop. Alle blev kastet rundt i deres sæder. Rose slog næsten hovedet ind i glaspladen foran dem. Den, der skærmede chaufføren fra passagererne. Bussen måtte have taget et vejbump i for høj fart, tænkte Rose. Hun undrede sig over, hvorfor chaufføren ikke havde set det og bremset ned i tide. Rose og Anitta kiggede på hinanden. "Så kør dog ordentligt!" skingrede Anitta: "Jeg fik et knæk i nakken!". Rose så bekymret på Anitta og spurgte, om hun var okay. "Nej, jeg har en begyndende hovedpine. – Sig mig, kan man bare trække et bus-kørekort i en automat nu om stunder? De unge skal måske bare tage en quiz på deres mobiltelefoner, og så vupti! Så har de et kørekort?" Rose var ikke kommet til skade. Hun var godt nok blevet forskrækket, men hun havde ikke slået sig, og Anitta som sad lige ved siden af hende, da bussen bumpede. Hun slog sig da heller ikke, var Rose overbevist om. Så slemt var det da heller ikke, det bump. Nu skulle det ikke undre Rose, at Anitta skulle til at lide af piskesmæld, så hun kunne bære ved til sit bål af sortsyn og bitterhed. Ej, sådan må jeg ikke tænke, formanede Rose sig selv. Anitta trænger bare til at blive forkælet lidt og blive revet ud af den nedadgående spiral af sortsyn, hun har fået hvirvlet sig ind i. Rose ville gøre sit til, at Anitta fik sit gode humør igen: "Ved du hvad, Anitta? Hvis du har en begyndende hovedpine, så skal du da slet ikke sidde til et foredrag. Ved du hvad? Vi tager sgu fri resten af dagen. Så går vi ind på det dér konditori nede ved åen og får kaffe og kage. Jeg giver! Vi skal have rystet den forskrækkelse af os, du. Det fortjener vi!" Anitta så ind i Roses glade ansigt. Hun så selvtilfredsheden over, at hun havde fået en ny ide til at lege pædagog over for hende. Det selvfede fjæs skulle Anitta nok få tørret af hende: "Ved du hvad?" sagde Anitta og efterabede den måde, Rose altid sagde "Ved du hvad?" på: "Jeg er faktisk på arbejde. Det kan godt være, at du er fri til at gøre, hvad du lyster. Men hvis jeg går ud og drikker kaffe nu, i stedet for at gå til det foredrag, så er det faktisk lig med, at jeg pjækker. Endda i fuld offentlighed. Jeg kunne blive fyret for det. Det går ikke, Rose. Av, mit hoved. Det er vist bedst, jeg lige sidder lidt med lukkede øjne, inden vi skal af," afsluttede hun. – Det var dog utroligt! Mon hun altid har været så negativ? spekulerede Rose: Eller er det noget, der er kommet, siden jeg er gået på efterløn? Lige meget, vedtog Rose med sig selv. Hun ville i hvert fald ikke spilde mere tid på at prøve at muntre hende op. Hun kunne sejle sin egen sø. Sin egen bitre sø, den energisluger. Da Rose gik på efterløn, havde hun nemlig lovet sig selv, at hun ikke ville spilde sit liv på mennesker, der sugede energi ud af andre folk. Hun var fri og havde et stort netværk, derfor behøvede hun ikke at trækkes med den slags mennesker, der drænede andre for energi med deres sortsyn, klynkeri og evige beklagelser. Rose kiggede i smug på Anitta, der sad med lukkede øjne. Hun syntes pludselig, at hun overhovedet ikke kendte denne kvinde med de nedadhængende mundvige. Hun havde i hvert fald ikke lyst til at kende hende mere, det kunne hun mærke helt ned i maven.

Så ankom de til stationen. Anitta åbnede øjnene og skulle til at rejse sig. Selv om hun havde siddet med lukkede øjne, havde hun godt kunnet fornemme, at Rose havde stirret på hende. Ikke på den gode måde, havde hun mærket, men med et fordømmende blik. Anitta havde ladet som ingenting. Hun håbede, at hun kunne ryste hende af sig til foredraget, så de ikke behøvede at følges hjem bagefter. Anitta var lidt i chok over, hvor meget Rose havde forandret sig på bare to måneder. Det var helt bestemt ikke den samme Rose, som hun havde holdt af at have som kollega igennem årene. Her i bussen havde de ikke kunnet genskabe den samtale, som de havde haft i børnehaven år ud og år ind. Anitta gad i hvert fald ikke være sammen med én, der var så ufølsom overfor andres situation. Én, der bare brægede videre om sin egen Facebook-lykke, uanset hvad den anden fortalte. Puha, tænk, at der skulle et ordentligt vejbump til, før hun havde indset det. De gik tavse hen mod døren, og først da de var kommet ud på fortovet, sagde Rose: "Ved du hvad? Det bump på vejen gav mig en ordentlig forskrækkelse. Men det var også lidt af en øjenåbner. Jeg har besluttet at droppe foredraget og gå ud og drikke mig en kop kaffe i stedet for. Jeg håber, at du nyder foredraget! Og god bedring med hovedpinen og nakken. HEJ! HEJ!" Hun drejede om på hælen og skyndte sig afsted, før Anitta kunne nå at svare. "HEJ! HEJ!" råbte Anitta efter hendes ryg. Hun trak vejret dybt ind, og et "gudskelov" undslap hende ved udåndingen. Hun tog sig til nakken og tænkte: Et bump på vejen er ikke så skidt, at det ikke er godt for noget.

Forfatter i maven, grædende baby på armen

Åh nej, nu græd hun igen. Hun havde ellers været rolig, siden Sally tog hende op af barnevognen. Sally havde naivt forestillet sig, at Yin ville lade være med at græde under busturen, hvis hun sad, så hun kunne se ud af ruden. Yin kunne godt lide, at der skete noget. Men nej, Sally vidste godt inderst inde, at hendes baby ikke var tilfreds ret længe ad gangen. Hvorfor græd hun hele tiden? Sallys mor og alle andre, Sally var sammen med, som oplevede Yins konstante gråd, gav hende alle mulige råd: Det var modermælken, der var noget galt med. Den var ikke mættende nok, eller også havde Sally spist noget, som var gået i mælken. Noget, som enten gav den en grim smag eller bevirkede, at Yin fik ondt i maven. Så måtte Sally forsvare sig og opliste alt det, hun havde spist. Nu ammede hun ikke mere. Nu stod den på modermælkserstatning. Derfor var der ikke nogen, der kunne påstå, at Yin ikke blev mæt, eller at der var noget i mælken, som fik hende til at græde næsten konstant. Jamen så gik rådene i stedet på, at Yin havde for lidt tøj på eller for meget tøj på. Tøjet var af det forkerte materiale, det skulle nemlig være uld, sagde den ene. Bomuld, sagde den anden. Andre igen påstod, at det var bleerne, der var skyld i Yins gråd. Der var råd om salver, cremer og babysæber og olier, som skulle udrette mirakler på en grædende baby. En havde foreslået babymassage, en anden zoneterapi for kolikbørn. Ja, der var så mange råd, og Sally havde prøvet de fleste uden held. Yin græd alligevel det meste af sin vågne tid. Sally havde også fulgt et råd om at gå til kiropraktor, fordi hun var desperat og havde fået at vide, at en kiropraktor mirakuløst kunne kurere kolikbørn. Lægen havde godt nok bedyret, at Yin ikke led af kolik, men Sally var parat til at prøve alt for at få en tilfreds baby. Det var ikke normalt, at en baby græd så meget, så hvorfor ikke prøve kiropraktik? Der var bare det ved det, at Sally var rædselsslagen for, at kiropraktoren skulle brække nakken eller skade ryggen på Yin. Hendes lille elskede Yin, som hun skulle beskytte, men i stedet udleverede hun hende til radbrækning. Fornuften sagde hende, at en kiropraktor selvfølgelig vidste, hvad han gjorde, men følelsen af at udlevere sit barn til tortur kunne hun næsten ikke undertrykke. Det var med bævende hjerte, hun stod ved siden af kiropraktoren, der prøvende lod hænderne glide op og ned ad rygraden på Yin. Yin lå på maven og kiggede med store øjne. Hun græd ikke, men det var nok på grund af den uvante situation. Sally havde erfaret, at hver gang der skete noget nyt, så græd Yin ikke, men fulgte levende med i, hvad der foregik. Yin var meget intelligent, det vidste Sally bare. Den måde, hun kiggede på, var nærmest, som om hun studerede verden. Yins blik var dybt og udstrålede visdom, syntes Sally. Det var slet ikke som andre babyers fjogede eller lige-faldet-ned-fra-månen-blik, som ikke sagde Sally en skid. Nej, Yins blik var vågent og observerende. Øjnene sugede til sig og gemte alt til senere behandling, det var Sally overbevist om. Ja, når hun ikke hylede altså, men ligesom da hun lå på bordet hos kiropraktoren. Sally kunne huske, at hun havde en knude i maven, da hun mødte Yins blik, for det så ud, som om Yin vidste, at hun skulle radbrækkes. Kiropraktoren blev færdig med sin undersøgelse og sagde, at Sally kunne give Yin tøjet på igen. Kiropraktoren forklarede, at der ikke var noget galt med Yin. Yin skulle ikke behandles. Det var et helt normalt og fint barn, hun havde. Sally var selvfølgelig lettet og glad. Det varmede hendes moderhjerte, at kiropraktoren roste hendes lille Yin. Det var hun ikke så forvænt med. De fleste standsede ved gråden, og hvad der kunne være galt med Yin, og underforstået: Sally som mor. Idet hun rejste sig for at gå, kom bekymringen igen, og hun spurgte, hvad der så kunne være galt med Yin, siden hun græd så meget. Kiropraktoren sagde, at der ikke var noget galt. At det handlede om, at nogle spædbørn græder mere end andre. Det skulle nok gå over af sig selv om et par måneder, trøstede han. Nu var der gået to måneder, og miraklet var endnu ikke sket. Yin græd stadig meget. Sally klyngede sig alligevel til kiropraktorens ord og prøvede at holde liv i håbet om, at hyleriet ville stoppe, og at de to, Yin og hende, ville få mange gode stunder sammen, uden gråden og denne gnavende følelse af ikke at slå til som mor.

Sally var alenemor og havde derfor brug for venner, familie og netværk. Nu havde hun ikke mange venner tilbage. Efter fem en halv måned med Yin var Sally ensom og trist. Det skulle have været så smukt. Det mest vidunderlige, der var sket i hendes liv. Nu følte Sally sig som en paria. En mor, som ikke kunne finde ud af at passe sit eget barn. Det mente alle i hvert fald. Ikke at det resulterede i, at nogen hjalp hende, nej! Men gode råd, nedvurderende og medlidende blikke, det var, hvad folk havde at tilbyde hende. Det værste var ikke, at folk tænkte ilde om hende som mor. Det værste var alligevel, når hun fornemmede, at folk syntes, at Yin ikke var normal. At hun fejlede noget eller var mentalt skadet. Det bidragede til Sallys usikkerhed som mor. For Sally fornemmede instinktivt, at Yin ikke var syg eller tilbagestående mentalt. Hun havde dog ikke en alternativ forklaring på, hvad der så lå til grund for, at Yin græd så meget. Måske havde Yin det bare svært med at vænne sig til livet uden for livmoderen. Åh, det var tosset. Det vidste Sally godt. Rationelt set var der kun to mulige forklaringer: Den ene var, at Yin på en eller anden måde var syg, selv om hverken sundhedsplejerske, læge eller kiropraktor havde fundet noget, der kunne indikere dette. Den anden forklaring var, at Sally var en pissedårlig mor, der ikke kunne trøste sit eget barn, på trods af al den viden og alle disse råd, som hun fik. Sally var usikker, for hun ville jo gøre alt for, at Yin skulle have det godt. Hun havde prøvet så mange ting, og intet nyttede. Hun syntes ikke, at de rationelle forklaringer passede. Hvad så? Bare hun vidste det! Ingen havde kunnet give hende de vise sten, så hun kunne få vished og gøre noget ved det. Dét, hun vidste, var, at folk ikke kunne holde ud at være sammen med dem, fordi Yin græd så meget. De prøvede at tage over og rådgive. Når deres velmenende indsats ikke hjalp på gråden, mistede de interessen. De begyndte at undgå Sally og Yin – og det gjorde ondt. Ét var, at de syntes, at hun var en dårlig mor, det kunne Sally forstå. Det syntes Sally også nogle gange selv, hun var, når hun ikke kunne trøste sit eget barn. Noget andet var, når de mente, at der var noget galt med hendes baby. Det gjorde ondt. Sally kunne ikke klare tanken om, at de dømte hendes baby.

Sally vuggede Yin, måske lidt for hektisk, og prøvede ellers at lukke gråden ude. Det kostede anstrengelse, men der var ikke andet at gøre. For intet, hun havde prøvet hidtil, havde standset gråden. Kun det hele tiden at gøre noget nyt kunne få Yin til at tie stille og følge med i, hvad der mon nu skete. Sally skulle tage Yin op og rejse sig, sætte sig, gå rundt, lægge hende fra sig snart det ene sted, snart det andet sted. Lige så snart Sally fornemmede, at Yin begyndte at knirke og ville starte med at hyle igen, så skulle hun tage hende op og atter finde på noget nyt. Når Sally ikke kunne komme til det, ligesom her i bussen, så græd Yin konstant, og Sally havde måttet lære at lukke det ude. Ellers ville hun blive sindssyg af den konstante gråd. Når Yin sov, var det meningen, at Sally skulle ordne en masse ting og ellers udleve sin drøm om at skrive en fantasyroman. Sagen var bare, at når Yin sov, så havde Sally ikke overskud til andet end det mest nødvendige husarbejde: sætte en vask over, tømme blespand, sterilisere sutteflasker eller forberede næste måltid. Yin var begyndt at få skemad, og det krævede også en del kogning af frugt og grønsager. Køkkenvasken bugnede efterhånden altid af opvask, og vasketøjskurven var overfyldt, og blespanden lugtede. Sally holdt lige nøjagtigt skindet på næsen som husmor, men som regel var hun så udmattet, at hun ikke engang kunne sove. Når Yin sov, skyndte Sally sig at tage opvasken for eksempel, for derefter at sætte sig ned med det formål at skrive. Men hun skrev intet, hun sad bare og gloede ud i luften. Hun sagde gentagende til sig selv: Skriv nu noget, for helvede! Og når det ikke hjalp, sagde hun venligt til sig selv: Du er for træt, det er forståeligt! Gå nu ind og få sovet lidt, bare en time, indtil Yin vågner! Men hun var for udmattet til at gå ind i seng. Ja, hun var for udmattet til at lægge sig ned og krølle sig sammen i sofaen, lige dér hvor hun sad. Det endte hver gang med, at hun sad og stirrede ud i luften, til Yin atter vågnede og det hele begyndte forfra med at finde på måder at undgå den konstante gråd. Sally havde ellers haft en drøm om at skrive den roman, hun havde i hovedet, under sin barselsorlov. Hun havde et supersejt plot og en hovedperson med et sjovt sidekick. Hun skulle bare have skrevet det hele ned. Hun drømte om at blive den nye J.K. Rowling. Hun havde læst, at Rowling skrev sine bøger på cafeer i sit boligkvarter.

Rowling gik tur med barnevognen, og når hendes barn var faldet i søvn i barnevognen, så smuttede hun ind på den nærmeste cafe og skrev løs. Rowling var enlig mor ligesom Sally, og Sally havde forestillet sig, at hun kunne gøre Rowling kunsten efter. Selv om Sally ikke blev verdensberømt, ville dét, at hun fik udgivet sin roman, være succes nok for hende. Som det var nu, så havde hun ikke engang fået skrevet et eneste kapitel. Sallys barselsorlov havde indtil videre gået op i barnegråd, men ideerne til romanen havde hun inde i sit hoved. I hendes fantasyverden af skarpe kontraster, både med hensyn til naturen og med hensyn til de intelligente væsener, der beboede den, var der altid krig og skiftende alliancer imellem de forskellige racer. Heltinden Shina var på nippet til at blive voksen. Hun hørte til racen Hummangels, som lignede mennesker, med den undtagelse at de havde tre arme. Den tredje arm udgik fra kroppen, som regel i højre side, i hoftehøjde. Der var også Hummangels, hvis tredje arm udgik fra venstre side. Denne arm lå som regel hen ad maven, ligesom hvis man havde en arm omkring livet. Den var skjult af klædedragten og derfor et farligt våben i nærkamp. Især for den, der fejlagtigt antog Hummangelen for at være et menneske med kun to arme. Gjorde fjenden den fejl at forveksle sin modstander, ville krigeren ikke nå at opfatte, hvad der var hændt, når den angribende Hummangels tredje hånd pludselig kom farende ud i hoftehøjde og huggede til. Hummangels var helt klart de bedste krigere og de mest frygtede i hele Ankor, som Sallys fantasyverden hed. De var også eminente ryttere, fordi de brugte den tredje arm til at styre hesten og holde sig i perfekt balance under ridtet, således at den beredne Hummangel havde to hænder fri til at håndtere sine våben under angreb. Hummangels var som spartanerne eller måske snarere som amazonerne, for de ypperste eskadroner af beredne Hummangels bestod kun af kvinder. Shina var væbner i den bedste eskadron, Desmerdarlings. Deres våbenskjold var et desmerdyr, der bed hovedet af en sort mamba. Shina blev femten år snart, og hendes transformationsperiode skulle til at begynde. Det var en periode, som alle Hummangels skulle igennem. En periode med prøvelser, alt efter hvilken kriger man var. Desmerdarlings havde nogle af de skrappeste prøvelser, der krævede mod, handlekraft og snarrådighed. Det skete jævnligt, at en rytter fra eskadronen døde under transformationen. Shina var dog fuld af gåpåmod og forhåbninger til fremtiden som ridder. Hun havde ambitioner om at blive den bedste kriger, Ankor havde set, og stige i graderne. Hun ville være generalmajor, forestillede hun sig. Hun ville i hvert fald som minimum stige til majorgraden. For riddere med denne rang fik tildelt de smukkeste og stærkeste heste. Åh, Shina ville dræbe for at få en hest som majorens. Det var et syn for guder at betragte dens skinnende hvide pels, det gyldne seletøj og manken, der flagrede i vinden, når majoren lod den strække ud foran eskadronen. Hun kunne være heldig at få tildelt et fint ridedyr, når hun kom igennem transformationen og blev udnævnt til ridder af tredje grad. Lige nu havde hun en bondehest som den, menneskerne også havde. Det var en robust, lavstammet og rundmavet hest, som fandtes i alle verdenshjørner af Ankor, og som kunne tilpasse sig alle typer landskaber og alt slags vejr. Disse bondeheste var gode arbejdsdyr og pakdyr, men noget kluntede til krigsbrug. Når de blev væbnere, fik de en bondehest til træning og eksercits. De finere ridedyr skulle de gøre sig fortjent til. Hendes træningshest hed Aisel, et pjusket og egenrådigt møgdyr, som hun altid havde problemer med at styre. Shina havde modtaget en del tæsk og kritik, fordi møgdyret ikke lystrede. Nu skulle Shina ride sine prøvelser i møde på møgdyret. Guderne nåde og trøste den hest, hvis den ødelagde noget for hende. Hun havde tænkt sig hurtigst muligt at erobre sig et mere passende ridedyr for en væbner-snart- ridder af tredje grad. Når hun lykkedes med det, ville hun sætte Aisel fri eller dræbe den, alt efter hvordan den havde teet sig. Shina ville ikke være bleg for at partere den levende, hvis den bragte hende i vanskeligheder, som den havde gjort flere gange på akademiet. Shina blev let hidsig, og Aisel fik det værste frem i hende. Shina besluttede sig for at holde op med at skumle over Aisel og koncentrere sig om at slibe sine våben og få alting i orden til transformationsperioden. Da solen stod op over den første dag i hendes transformation, var alt parat. Efter reveillen stillede hele eskadronen op og så til, da majoren sendte hende og Aisel afsted. Shina bar en kort kaftan af skind, hvorpå hun omhyggeligt havde malet et desmerdyr i dans om en sort mamba. Hun rettede nervøst på det perlebroderede læderhårbånd for tyvende gang. Hun var spændt på de opgaver, hun ville få på turen, og det eventyr, der ventede hende. Hun havde i hvert fald gennem hele sin væbnertid hørt den ene historie efter den anden om farer, død og heltegerninger, som udspandt sig under transformationsperioden. Shina var fast besluttet på at blive en helt og komme tilbage med bunkevis af fortællinger, som hun kunne dele med de andre riddere i sin eskadron. Hun skulle ride mod øst, lige ind i solopgangen. Hendes destination var Gullip, den store, aktive vulkan, hvor gudinden Vektra var spærret inde. Shina vidste endnu ikke, hvad der ventede hende der, og hvilken opgave hun ville få. Hun vidste bare, at hun skulle ride mod øst og krydse Maskafloden. Hun havde aldrig krydset floden før. Den udgjorde den østlige grænselinje i Hummangelernes territorie. Hun anede ikke, hvilke landskaber der fandtes på den anden side af floden. Dem, der havde været der, kaldte det Vildnisset. Hun havde selv prøvet at forestille sig, hvordan den grønne masse, som strakte sig fra floden og helt ud i horisonten, var at færdes i. I horisonten rejste vulkanen Gullip sig som et massiv. Shina og Aisel var på vej, og Shina hævede blikket og studerede sit mål ude i horisonten. Gullip havde den egenskab, at den spejlede himlen og vejret, når den altså ikke var i udbrud. Lige nu lyste vulkanen i solopgangens rødlige skær, så massivet havde en rødlig farve, der gik over i lilla. Det var et opløftende syn, der varslede godt for transformationen. Shina satte hælene i siden på Aisel, som villigt satte i trav, og de to indledte rejsen i en god stemning af forventning og samhørighed.

Sally havde hovedet fyldt med flere sjove episoder, som de to skulle komme ud for. De ville komme i fare på grund af Aisels egenrådighed og Shinas hidsighed, men de ville klare sig, fordi de var opfindsomme og havde en utrolig evne til at samarbejde, når det gjaldt. Sally prøvede at koncentrere sig om det første humoristiske opgør imellem de to, der skulle foregå ved floden, hvor Aisel nægtede at gå ud i vandet, men Sallys opmærksomhed blev trukket tilbage til bussen af Yins gråd, der ligesom havde skiftet gear og nu lød endnu højere. Sallys fantasyverden brast som en boble. Hun vuggede Yin og så ned i sin grædende datters ansigt. Hun gjorde sin ene arm fri for at ae hende på kinden, men hånden standsede i luften, da én af damerne på sædet foran sagde: "Det dér er et typisk tilfælde af en mors usikkerhed, der smitter af på barnet!" Sally krympede sig og vuggede Yin lidt mere hektisk. Hun tyssede på Yin, selv om hun vidste, at det i hvert fald ikke ville hjælpe. Men hvad skulle hun gøre? Hun gentog: "Sshy!" "Sshy!" "Stille nu!", men Yin græd ufortrødent videre. Damen på sædet foran drejede sig halvt om mod hende og fyrede en bredside af om, hvordan unge mennesker ikke kan finde ud af at passe deres egne børn. De sætter bare børn i verden og forventer så, at samfundet tager sig af dem. Sally dukkede sig og sad nu krampagtigt bøjet ind over babyen, som hun knugede i sine arme. Yins gråd blev mere skinger af, at hun blev omklamret på den måde. For at føje spot til skade vendte damens veninde sig om og hvæsede: "Så prøv dog med lidt moderkærlighed! For Guds skyld! Det er jo ikke til at få ørenlyd!" Det føltes som knive i hjertet på Sally. Hun havde lyst til at se, hvilke iskolde og kyniske kvinder der sad og lukkede deres galde ud over hende, men hun turde alligevel ikke at se op og møde de fordømmende blikke. Sally følte, at hun bare måtte væk fra den dødsdom over hendes moderskab, som de eksekverede med deres bebrejdelser. Hun vred sin ene hånd fri og fik rakt over og trykkede på stopknappen. Så kæmpede hun for at komme op at stå og få taskens skulderrem til at blive liggende over skulderen. Da bussen svingede ind til kantstenen, var hun lige ved at falde med Yin og det hele. Én af de iskolde kællinger fik fyret endnu en hånende bemærkning af, som hun ikke hørte. Hun opfangede dog tonefaldet, imens hun kæmpede med at genvinde balancen og hage sig fast. Tasken gled ned ad armen, men heldigvis var den lukket, og hun kunne derfor manøvrere sig hen til barnevognen med Yin i armene og tasken hængende efter sig. Hun stod og fumlede med barnevognen og var nervøs for, at chaufføren ville miste tålmodigheden med hende og lukke dørene for at køre videre, inden hun var kommet af. Heldigvis rejste en mand sig og kom hende til undsætning. Han hjalp hende, uden et ord, med at få barnevognen ud af bussen og vinkede så sødt til hende, da hun stod på fortovet. Bussen lukkede dørene og kørte. Sally trak vejret i små stød. Åh nej, nu ville hun komme for sent til lægen. Der var to stoppesteder derhen, og det var ikke med i tidsplanen, at hun skulle gå en del af vejen. Sally skubbede barnevognen foran sig i raskt tempo. Yin lå og kiggede med sine store øjne. Tumulten med at komme af bussen havde fået hende til at tie stille. Bare de ikke fik besked på at bestille en ny tid, nu hvor de kom for sent til aftalen, tænkte Sally bekymret. Yin skulle have sin Di-Te-Pol-vaccination, og det var i sidste øjeblik i forhold til vaccinationsprogrammet, så derfor kunne det vist ikke bare udsættes til en anden gang. Sallys spekulationer blev afbrudt, da Yin begyndte at græde igen. Sally kiggede ned på det forgrædte ansigt og sagde: "Hold ud, lille skat, vi er der snart!" og så satte hun farten op.

Phillip, here I come!

Stacey tænkte på Phillip igen. Han havde fyldt meget i hendes tanker, siden han havde sendt hende opfordringen til at møde ham ved årets demonstration. SMS'en var fyldt med *Kisses-* og *Beating Hearts-*emojis, og der var ikke noget, hun hellere ville, end at være i hans arme igen. Det var så vidunderligt, når de var sammen. De var som skabt for hinanden. Gad vide, om han havde slået op med Franzy? Hun ville ikke spørge, men det var kompliceret, hvis han stadigvæk var kæreste med hende. Deres forhold var også on-and-off, eftersom Stacey og Phillip færdedes i to vidt forskellige cirkler. Phillip var en glødende rebel fra København. Stacey var en hjemmeboende gymnasieelev fra Køge. Der var ikke meget rebel i hende. Stacey og Phillip havde da også kun været sammen to gange. Én gang sidste år til demonstrationen for Ungdomshuset på Jagtvej og igen i februar i år, hvor han pludselig havde ringet og inviteret hende på en overnatningstur på en ødegård i Sverige. Stacey havde løjet for sine forældre og sagt, at hun tog på tur sammen med nogle klassekammerater fra gymnasiet. De skulle arbejde intensivt med en gruppeopgave om ungdomskultur og politik, var den løgn, hun på stående fod serverede for sin mor. Det var ikke helt løgn, dét med politik, for Phillip og hans venner var i gang med at planlægge dette års demonstration for Ungdomshuset. Gruppen omkring Ungdomshuset talte hele tiden politik og om at forandre verden. Nedrivningen af Jagtvej 69 var et symbol, proklamerede Phillip, et symbol på alt, hvad der var galt med den etablerede eurocentriske, kapitalistiske verdensorden. Det kapitalistiske system satte magthaverne og pengene over loven. Profit stod over moral og trådte fællesskaber under fode. De skulle fortsætte med at kæmpe for at underminere dette system, fastslog Phillip, imens han talte sig varm. Stacey kunne godt mærke, at hun ikke helt hørte til blandt de politiske græsrødder, som udgjorde Phillips vennekreds. Både til demonstrationen sidste år og på ødegården i februar i år havde hun følt sig lidt som en repræsentant for småborgerligheden. Stacey havde mere end nok med at klare sine lektier og kæmpe for at få sig lidt privatliv, fordi hendes forældre konstant blandede sig i hendes liv. Hun havde ikke overskud til at redde verden, for slet ikke at tale om at etablere en ny verdensorden. Stacey syntes selv, at hun var et godt menneske, for hun ydede støtte til nogle gode formål. Hun var medlem af Verdensnaturfonden, fordi hun gerne ville bidrage til at redde miljøet og bevare de truede dyrearter, og af Kræftens Bekæmpelse, fordi hendes moster havde haft kræft. Heldigvis var moster Anja blevet rask. Men hun havde været igennem meget med fjernelse af venstre bryst, for ikke at tale om kemoterapien. Hun kom igennem hele to serier af kemo. Det havde været forfærdeligt! Nej, hvor havde moster været syg igennem et helt år, før der begyndte at være lys for enden af tunnelen. Staceys mor havde været utrøstelig under hele forløbet, og familien havde lidt under det. Moren havde gjort sit bedste for at være tapper, når de var sammen med moster, men når de var hjemme igen, gik hendes mor ligesom ind i sig selv og lå meget af tiden og græd eller sad bare og gloede ud i luften. Der havde ikke været overskud, og Stacey havde haft mere end rigeligt at se til med at hjælpe til derhjemme og klamre sig med det yderste af neglene for at følge med på gymnasiet. På ødegården i Sverige, sammen med Phillip og rebellerne, havde hun prøvet at gejle sig op rent politisk, men hun kunne ikke rigtigt brænde for et hus, som var blevet revet ned for flere år siden. Samværet med Phillip var dog mums og gjorde det hele turen værd. Phillip og hende havde ikke talt om deres forhold, om hvad det var for noget. Om de havde en fremtid sammen som kærester eller bare skulle være venner. De var bare sammen. Om han var kæreste med den ene eller venner med den anden, betød nok ikke så meget for Phillip, tænkte hun. Når han talte, så var det næsten altid om sagen: om det nødvendige oprør, om at holde gryden i kog, om ikke at falde til patten. Danmark skulle engang, i nær fremtid, blive Europas brændpunkt, var Phillip overbevist om. Dét land, hvis ungdom satte gang i Modilden. Den ild, der skulle brænde den kapitalistiske lænke af og igangsætte den nye verdensorden. Den nye verden var en anarkistisk præget, global landsby ledet af lokale rådsforsamlinger, så meget havde Stacey forstået. Den verdensorden ville komme, før eller siden, var Phillip og rebellerne enige om. Det gjaldt bare om ikke at opgive kampen, blot fordi det i en periode så ud, som om de ikke rykkede sig ud af stedet. De ville blive utrætteligt ved og være dem, der ville blive kendt for at være med i frontlinjen og at have holdt fanen højt helt fra starten. Stacey beundrede Phillip for hans drive. Hun kunne godt se, at hun også burde brænde for sagen. Der var bare det, at hun kun brændte, når hun var sammen med Phillip. Efter turen til ødegården i februar forduftede intentionerne om at være politisk aktiv fuldstændig ligesom parfume, man sprayer på sig, før man går til fest. Når der er gået et par timer, opdager man, at duften er feset af, uden at man har lagt mærke til det, den er bare forduftet. Hvad der ikke forsvandt, tænkte Stacey, var følelsen af, at det bare faldt i hak med hende og Phillip, når de var sammen. Det føltes så rigtigt. Ikke superromantisk eller overvildt sexet, men bare rigtigt. De var både kammerater og elskende, a *Match Made in Heaven*, tænkte hun smilende.

Staceys tanker blev afbrudt af et latterbrøl fra sædet foran. Det var Mille og Tina fra hendes gymnasieklasse. Stacey rynkede på næsen i ærgrelse. Hun strøg sit hår tilbage og sendte de to klassekammerater et vredt blik, fordi hendes drømmeboble med Phillip brast ved afbrydelsen. De kunne selvsagt ikke se hendes misbilligende blikke, og de mærkede sikkert heller ingenting. De var opslugt af deres halvhviskende samtale. De to, altså Mille og Tina, havde været pot og pande lige fra introugen i 1. g. De hang altid ud sammen og lo og hviskede og tiskede. De var nogle bitches. Det kaldte de rent faktisk sig selv. Stacey var egentlig ligeglad, for hun gad ikke det dér med at være på hele tiden, på en så overspillet og iscenesat måde, som de to bitches dyrkede. Irriterende nok nagede det hende alligevel, for de så bare godt ud, og det virkede, som om de altid havde det hyleskægt og havde hemmeligheder sammen. Stacey vidste godt, at de sad der og *dissede* hende, for de rakkede ned på alle. Stacey var lidt misundelig på dem, for de tiltrak klassekammeraterne, der nærmest kæmpede om at hænge ud med dem. De havde ofte en hale af håbefulde hanhunde efter sig. Tina og Mille var kendt på hele gymnasiet. Det var ikke kun, fordi de var flotte piger, for der var ligesom noget ved dem, som tiltrak mænd som bier til en honningkrukke. Som nu, da Stacey og andre fra klassen stod og ventede på bussen sammen med Tina og Mille ved gymnasiet. De to var centrum i gruppen af unge, som om de var solen, som alle de andre cirklede omkring og fik deres lys fra. Stacey havde ikke kunnet undgå at lægge mærke til den mand, der nu sad to sæder foran hende, da de gik op i bussen. Da de kom ind, havde han på det nærmeste ædt Mille med øjnene. Gloet op og ned ad hende. Mille og Tina havde ikke lagt mærke til det, eller havde de? Det var ikke til at sige, for de var fordybet i en samtale og lo sammen, men deres kroppe sagde tydeligt: "Se på mig, jeg vrider mig og strutter! Se på mig, jeg snor mig, åh, så sexet!" Da de satte sig ind bag ved manden, lagde Stacey, der gik et par skridt bagefter dem, mærke til, at han måtte kæmpe med sig selv for ikke at vende hovedet og glo efter dem. Stacey satte sig alene, ind bag de to. De kastede et hurtigt blik tilbage på hende, da hun lod sig dumpe ind på sædet bag dem, og stak så hovederne sammen igen. Det føltes, som om de sagde noget om hende og lo ad hende. Mille virkede, som om hun var god nok, men hun var hele tiden sammen med Tina, og når de var sammen, så var de dronninger over alle bitches. Stacey kunne ikke lade være med at føle sig lidt stolt, da hun tænkte på, hvordan hun havde tacklet Tina under introugen. Tina havde kørt på fra starten og optrådt som en luder, der udstillede sin krop og gjorde en dyd ud af at rakke alt og alle ned. Hun havde en mani med at give alle omkring hende rædselsfulde øgenavne. Hun lavede sjofle rim på folks navne, på en måde så nedvurderingen kom til at klinge med, hver gang nogen sagde ens navn. Tina havde også prøvet på at få alle til at kalde Stacey for *Crazy Stacey*. Stacey havde mandet sig op og fået sat en stopper for det. Først havde Stacey forsøgt at sige fra meget bestemt men venligt. Det grinte bitchen bare af og fortsatte ufortrødent. Stacey havde set, hvordan Tina på få dage havde fået klassen til at kalde den generte nørd Ole for *Onanisten* og den søde og lidt stammende Pernille med det sorte punkerhår for *P-Per-Pervert*. Stacey var selv kommet til at bruge øgenavnet, selvom hun syntes, det var ondskabsfuldt. Det var helt klart lidt sjovt at bruge øgenavnene, og derfor vidste

Stacey, at Tina skulle stoppes, før øgenavnet fængede og de andre begyndte at kalde hende for Crazy Stacey. Næste gang Tina kaldte hende Crazy Stacey, havde Stacey trådt op på Tinas skosnuder. Hun greb Tina i armen og stod med ansigtet få centimeter fra Tinas. Stacey trådte hårdt ned på Tinas sko og klemte hendes arm fast nok, til at det må have gjort ondt, imens hun bevarede en provokerende øjenkontakt uden at blinke. "Navnet er Stacey – kun Stacey! Fatter du det, bitch?" hvæsede Stacey ind i hovedet på Tina. Tinas blik havde flakket et øjeblik, og så havde hun råbt: "Okay-okay – have it your way – bitch!" og grinende trukket sig tilbage. Efter den episode havde alle kaldt hende for Stacey, og hun havde undgået at få én af Tinas klamme øgenavne klistret på sig. Der var opstået en slags våbenhvile imellem Stacey og bitch-dronningerne. Tina og Mille behandlede hende høfligt og afmålt. Hun gjorde det samme med dem, og ellers ignorerede de hinanden. Det fungerede fint, selv om Stacey kunne mærke, at det satte hende uden for klassens partyjargon. De andre i klassen respekterede hende, kunne hun mærke, for hendes personlige integritet, men når der var skæg i gaden, var hun udenfor. Det var, fordi hun på det nærmeste var den eneste i klassen, der ikke havde været villig til at få et øgenavn og spille med på Tina og Milles luderspil.

Stacey glemte fuldstændigt de to foransiddende, da tankerne uden varsel skiftede spor, og Phillip igen fyldte hele hendes udsyn. Han havde fyldt meget i hendes tanker med sin stemme, sit smil, sin lække krop og sit brændende engagement, siden hun mødte ham første gang. Hun kunne have været sammen med Phillip i dag, til demonstrationen på Nørrebro. Mon Phillips kæreste, Franzy, også ville være der? Stacey havde aldrig mødt hende og spekulerede på, hvordan hun mon var, og hvilket forhold de to mon havde nu. Hun havde hørt fra de andre demonstranter, at Franzy var en lille, hidsig lort, og at hun kæmpede for klimaet og var hardcore veganer. Hun var typen, der gik lige ud til kanten og gerne lidt over stregen, lød rygterne. Stacey var lidt nervøs for at møde hende, mon hun ville slås om Phillip? Mon Phillip ville slå op med Franzy, hvis forholdet til Stacey blev mere seriøst? Var de to allerede gået fra hinanden, siden Phillip havde spurgt, om Stacey ville komme i dag? Uanset hvad, så ville hun gerne være med på Nørrebro, fordi Phillip var der. Hun var vild med ham. Desuden var der gang i den, når de demonstrerede for Ungdomshuset. Det havde der i hvert fald været sidste år. Unge var ankommet fra hele landet. Der var endda kommet nogle fra Tyskland, Sverige og England for at være med. Der var en helt speciel stemning af at høre til og være sammen om noget vigtigt blandt demonstranterne. Der var alle mulige typer, men det var, som om alle var enige om, at fællesskabet skulle være rummeligt, og at man behandlede hinanden med åbenhed og umiddelbar accept. Det kunne Stacey godt lide, det var helt anderledes end på Køge Gymnasium, hvor det var et stort *showoff*. Phillip var en af organisatorerne, og der stod stor respekt om ham, og når Stacey var sammen med ham, så syntes de alle, at hun var et aktiv, selv om hun egentlig bare fulgte med som det tynde øl. Sådan følte hun sig i hvert fald, som det tynde øl, for hun brændte ikke rigtigt for det hus eller for en ny verdensorden. Stacey ville gerne have været med i dag og haft muligheden for at være sammen med Phillip. Kysse ham og snige sin hånd ind under hans trøje. Hans krop var så varm og så fast. Stacey sukkede. I stedet for at tage til Nørrebro var hun på vej til et foredrag på biblioteket. Det var noget, hun havde lovet sin moster at tage med til for lang tid siden. Moster

Anja var helt vild med nogle tynde bøger, som hed *Tænke-pauser*, som var videnskabelige skrifter om forskellige em-ner, skrevet i et forståeligt sprog. Moster talte begejstret om dem, hun havde læst, og endnu mere begejstret om de fore-drag, man kunne gå til om hvert enkelt emne. I dag var det om Viljen. Stacey kunne godt se, at det var fornuftigt at gå med til de Tænkepauseforedrag. For det første var foredra-gene en god måde at få udvidet sin horisont på, så hun fik en fordel i diskussionerne i klassen på gymnasiet. For det andet var det en mulighed for at være sammen med moster Anja. Stacey og Anja talte så godt sammen. Helt anderledes end med hendes mor, der ikke fattede en bjælde af, hvordan det var at være ung. Desuden havde Stacey altid forgudet moster Anja. Hun var sjov og iderig. De var gledet lidt fra hinanden under mosters sygdom, for Stacey vidste ikke, hvad hun skulle sige til hende. Nu, hvor de var begyndt at gå til foredrag sammen en gang om måneden, var de ved at komme på rette spor igen. Bagefter foredraget skulle de på Kaffekælderen, hvor de drak kaffe og spiste cheesecake til. Så kunne de diskutere foredraget og tale om alt muligt andet. Stacey havde overvejet, om hun skulle fortælle mo-ster Anja om Phillip. Hun havde ikke gjort det endnu, for selvom hun havde moster Anjas fortrolighed, så var hun alligevel lidt bange for, at Anja fortalte det videre til mor. Mor ville aldrig kunne forstå den følelse, hun havde for Phillip. Mor ville bare fokusere på, at de kun havde været sammen to gange, og at Phillip havde en kæreste og derfor var utro. Derefter ville hun forhøre sig om, hvad Phillip lavede, og Stacey vidste ikke rigtigt, hvad Phillip lavede. Det var noget med, at han studerede politik på universite-tet, men havde et sabbatår eller noget. Stacey havde ikke talt så meget med Phillip om den slags. Det, hun vidste, kunne ikke stå for et af mors forhør. Stacey *ville* ikke forhøre

Phillip om den slags, for hun ville ikke være småborgerlig ligesom sine forældre. Det var et bevidst valg. For eksempel havde hendes mor opført sig fuldkommen latterligt, da Stacey havde sagt, at hun ville have en tatovering. Flere af pigerne i hendes klasse havde tatoveringer, og Stacey syntes, at det så sejt ud. Deres tatoveringer var meget personlige og fyldt med betydning. Tina havde selvfølgelig også en tattoo, Mille havde sjovt nok ingen. Hun havde sagt, at hun ikke var fan af tatoveringer, da Tina en dag havde foreslået, at de to skulle have ens bitch-tatovering, og var begyndt at tegne en prototype på omslaget af sin matematikbog. Alle blev overraskede over Milles udmelding, for Tina og Mille hang sammen som ærtehalm og mente tilsyneladende altid det samme om alt. Med hensyn til tatoveringer meldte Mille så pludselig pas. Utroligt! Alle, der sad omkring dem i det frikvarter, holdt vejret. Stacey, der sad lidt væk, opdagede, at hun også sad med tilbageholdt åndedræt. Hvad ville der nu ske? Tinas hånd standsede midt i sin tegning. Hun glippede med øjnene og så op på Mille, der stod på den anden side af bordet. "What?" udbrød Tina: "Så er du vist den eneste her, der ikke er fan af tatoveringer! Hvad så? Synes du heller ikke om min engel?" Tina rev demonstrativt ned i den i forvejen udringede T-shirt og fremviste englen, der var tatoveret øverst på hendes venstre bryst, så den ligesom steg op ad kavalergangen. Englen var en flot mand med dragende blik og langt hår, lidt ligesom en elver, bare med vinger. Man kunne aldrig lade være med at glo på den, når kavalergangen var synlig. Det var sikkert også meningen. Mille så på Tinas engel og sagde: "Jo da. Den er smuk. Den passer lige til dig, Tibitch!" Mille gjorde et kast med hovedet og slog armen ud som for at inddrage alle de andre, der sad i klassen: "Jeg kan lide alle jeres tatoveringer, de er unikke hver især! Men hør lige, jeg er ikke fan af tatoveringer, fordi jeg kender én, min kusines mand, som er blevet opereret flere gange og har fået skåret hud af låret til at sætte på armen, fordi hans hud krøllede sig sammen og var et stort sår, efter han fik lavet en tatovering på en festival!" Jeg har et billede af det her. Hun tog sin mobil op af lommen og bladrede med tommelfingeren frem til det billede, hun ville vise. Alle kom op af stolene og omringede hende. Mobilen gik fra hånd til hånd, og der lød en masse "Oh my God!" og "AD!" og "Det er freaking sindssygt, det dér!". Da de alle havde set billedet og kommenteret den stakkels mands uheld med sin tatovering og spillet kloge om, at det kun var den røde farve, der kunne give denne reaktion, og at det kun var udenlandske tatovører, man skulle undgå, så gik Mille rundt om bordet og satte sig ned på skødet af Tina. Hun lagde armen omkring hende og kærtegnede Tinas bryst, der hvor englen sad nok så kækt bag T-shirtens stof. "Lad mig lige se, hvad du har tegnet!" sagde Mille kærligt. "Det er ikke noget særligt," svarede Tina tvært og tog matematikbogen op for at holde den væk fra Milles blik. "Stop lige der!" udbrød Mille: "Hold lige bogen op!" Tina blev overrumplet af Milles råb og gjorde, som hun sagde. Mille holdt sin mobil op og tog et billede af tegningen. "Hvor er den fed!" roste Mille og fortsatte begejstret med at tage billeder: "Altså, den tegning skal være vores logo, synes du ikke?" Tina var straks helt med på den, og de tog en selfie med matematikbogen imellem deres hoveder. Mille tog frækt på Tinas bryst og sagde: "Vi skal have englen med!" Så tog de også en selfie, som omfattede matematikbogen og Tinas kavalergang med englen. De talte om, hvordan de skulle poste deres logo på Facebook og Instagram, og Mille fandt på, at de kunne få trykt T-shirts med deres logo og tage selfies med dem på, så de havde minder om alle deres oplevelser sammen. Så gik de i gang med at søge på deres mobiler efter firmaer, som lavede tryk på T-shirts. Siden dengang havde de fået lavet flere T-shirts påtrykt deres selfies fra parties, events eller koncerter. Deres partybitch-logo var altid med et sted på T-shirten. Stacey måtte indrømme, at logoet var superfedt. Tina var god til at tegne. Partybitch-logoet, som aldrig blev en venindetattoo, fungerede fint på T-shirtene. Det forestillede et champagneglas lidt på skrå, og nede i boblerne i glasset sad en enhjørning med store bryster i champagne til livet, som om den på én og samme tid var i spa og til fest. Den havde en prinsessekrone rundt om sit snoede horn og smilede indbydende ud til beskueren. Det var, som om enhjørningen både med sit ansigtsudtryk og med sit kropssprog sagde: "Join me!" Den enhjørning var det udtrykte billede af Mille og Tinas adfærd. Indbydende men med den konsekvens, at hvis du ikke var med dem, så var du mod dem og derved udelukket fra at joine noget som helst. Stacey mærkede det selv på sin egen krop, denne udelukkelse. Uanset hvad, så ville Stacey stadigvæk gerne have en tatovering, måske ikke lige så fræk som Tinas, men en mere sød og romantisk én. Flere af pigerne i klassen havde flotte tattoos, som Jeannes lille hjerte, anker og kors flettet ind i hinanden, som symboliserede dét, hun satte højest her i verden: tro, håb og kærlighed. Jeanne havde, til sin konfirmation, fået nogle konfirmandord fra Bibelen om tro, håb og kærlighed, og det havde betydet så meget for hende, at hun havde fået lavet tatoveringen som minde om den dag. Pernille, P-Per-Pervert, havde en lille drage på skulderbladet. Da Stacey havde plaget hende om at fortælle, hvorfor hun havde netop en drage, havde Pernille, lidt genert og undvigende, fortalt, at hun var fan af Lisbeth Salander fra Millenniumtrilogien. Hun havde læst bøgerne og set filmene og Netflixserierne så mange gange, at hun kunne mange scener og replikker udenad. Hun beundrede Salander for hendes mod og stil. Det havde pludselig givet mening for Stacey, hvorfor en stille og tilbageholdende pige som Pernille havde farvet sit hår kulsort og gik med det i en stikkende punkerfrisure og havde en piercing i næsen og flere i ørene. Noget, der ikke helt passede til Pernilles væsen. Dragen på skulderen passede derimod perfekt til dette billede, som Pernille ønskede at ligne. Stacey havde fået et blødt punkt i hjertet for Pernille, efter Pernille havde fortalt hende om sin passion for Lisbeth Salander. Derfor havde Stacey betroet hende, at hun selv gik og legede med tanken om at få skrevet "If you don't live for something, you'll die for nothing" med en smuk skråskrift ned langs ydersiden af underarmen. Pernille havde opfordret hende til at få det lavet. Det citat passede så godt til Stacey med hendes styrke og mod til at stå alene, havde Pernille sagt så alvorligt og indtrængende, at Stacey kunne mærke, at hun virkelig mente det. Stacey selv syntes dog ikke, at hun besad en særlig styrke. Hun havde ikke turdet sige sin mor imod, da hun flippede ud, fordi Stacey havde sagt, at hun ønskede sig den tatovering. Hendes mor havde kaldt hende Anastacia i den tone, som hun brugte, da Stacey var lille og havde gjort noget forkert, eller når moren syntes, at Stacey var urimelig. Så brugte moren altid hendes rigtige navn, Anastacia. Ellers blev hun altid kaldt for Stacey derhjemme. I diskussionen om at få en tatovering, havde hendes mor råbt op om alt det, der ville gå galt i Anastacias liv, hvis hun ikke gjorde nøjagtigt, hvad moren sagde. Hun fik sagt Anastacia, med tryk på hver eneste stavelse, i slutningen af hver sætning, som om Stacey var en lille pige, der skulle irettesættes. Stacey var træt af det, hun var næsten voksen, 17½ år. Hun kunne udmærket bestemme over sit eget liv. Nej, når hun fyldte atten, så ville hun få tatoveret de visdomsord på sin arm. Hun var sikker på, at Phillip ville synes, at det var sejt. Sloganet var jo lige i hans boldgade som rebel, at man skulle vælge sig noget at leve for, for ikke at ende med at dø for ingenting. Det virkede så meningsløst bare at dø uden at have sat sit aftryk på verden, ligesom hendes forældre kom til at gøre. De var bare så småborgerlige og kedelige. Øv, og nu sad Stacey her i bussen på vej til foredrag med sin moster Anja, i stedet for at være på vej til demonstration på Nørrebro.

Stacey rettede sig op i sædet og kiggede ud af ruden. De var på stationen om et øjeblik. Vejen svingede 90 grader, og de kørte nu langs jernbanen. Stacey skulle gå fra stationen og hen til biblioteket og mødes med moster Anja dér. Stacey så ned på sin mobil og regnede ud, at moster også måtte være på vej hen på biblioteket nu. Åh nej, tænkte Stacey, hun gad virkelig ikke at gå til foredrag med moster, når hun kunne tage S-toget til København og være sammen med Phillip. Pludselig vågnede der en rebel i Stacey. Hendes hjerte begyndte at slå hårdt og taktfast som støvletramp fra en oprørshær, der marcherede forbi. Hun ville ringe til moster og undskylde sig med mavekneb. Hun ville ringe op fra stationens toilet og sige, at hun havde myldrebæ og var nødt til at tage hjem igen. Bussen standsede, og Stacey skyndte sig ud som den første og småløb rundt om 7-Eleven-bygningen og om på den anden side. Hun standsede lidt forpustet og fumlede med at få sit kort op af pungen. Hun holdt det hen til kortlæseren på væggen og hørte klikket, da døren åbnede. Hun maste døren op og snoede sig ind i det lille rum. Der var heldigvis rent, bemærkede Stacey. Hun brugte ellers aldrig offentlige toiletter, for de kunne være så klamme. Hendes åndedræt faldt til ro, imens hun fandt mosters nummer. Mobilens duttede sin opkaldstone og Stacey forestillede sig, at hun havde ondt i maven. Der gik et stykke tid, og Stacey blev urolig for, at moster ikke ville tage sin mobil. Det kunne ligne hende at have slukket den. Det ville ødelægge Staceys plan. Hun kunne ikke indtale en besked eller skrive det i en SMS, for så ville moster ringe tilbage, når hun sad i S-toget, og så ville hun kunne høre, at hun var på vej et andet sted hen. "What to do? What to do?" mumlede Stacey, hvis indre rebel var begyndt at tvivle på sit forehavende. Hun skulle til at afbryde forbindelsen, inden telefonsvareren gik i gang, da hun hørte mosters stemme i den anden ende. Stacey lykkedes med at lyde ynkelig: "Hej moster Anja. Jeg sidder på stationens toilet. Jeg fik mavekneb på vej i bussen ..." "... Nej, det er ikke så godt, myldrebæ, du ved, argh!" Stacey tænkte, at hun lød ret autentisk med toilettes rumklang i tilgift. Hun lyttede en stund og sagde så: "Jo, jeg kan godt huske Bente. Det er hende, der kørte dig til hospitalet, da du skulle have kemo, ikke?" "... Jo, det er helt i orden, hun *joiner*. Hun kan få min billet så, for jeg tror ærligt talt, at jeg er nødt til at tage bussen hjem, lige så snart det her anfald er ovre." "... Ja, jeg vil gå i seng ... Ja, jeg skal nok drikke noget cola ... Nej, mor og far tager direkte fra arbejdet til svømning i dag, så jeg er alene ... Det skal nok gå ... jeg kan bare ikke sidde ret op og ned på en stol med det her mavekneb!" Stacey lovede moster Anja, at hun ville ringe næste dag. Moster ønskede god bedring og lovede at fortælle alt om foredraget, næste gang de sås. Stacey havde ikke dårlig samvittighed, når hun vidste, at Anja havde Bente med til foredraget. Alt ordnede sig til det bedste, tænkte Stacey og gik ud ad toilettet og fortsatte ind i S-toget, som ventede på perronen. Hvis det skulle blive opdaget, at hun ikke var taget hjem, ville hun bare sige, at hun havde mødt en klassekammerat og fået det bedre. Den tid, den sorg, sagde Stacey til sig selv. Lige nu var hun en rebel på vej til demonstration. Man måtte have noget at kæmpe for for at føle sig levende, tænkte hun videre. "Phillip – here I come!" sang det i hende i takt med hendes hjertes hårde, rebelske pulsslag.

Mibitch og Tibitch – to bitches med itches

Mille nød at være i centrum og at være beundret. Lige netop den følelse, hun havde, da de myldrede op i bussen ved gymnasiet. Ved stoppestedet havde der samlet sig en gruppe fra klassen, måske en otte-ti stykker. De stod i en klynge og fyldte hele fortovet. De havde tidligt fri og nød foråret og friheden. Klokken var kun tolv, og weekenden var allerede begyndt. Mille og Tina var naturligvis klyngens centrum, og klassekammeraternes opmærksomhed var rettet mod deres indbyrdes samtale. De diskede op med deres forventninger til gymnasiets månedlige fredagsfest, der skulle løbe af stablen samme aften. Milles bedste veninde, Tina, gav den hele armen på sædvanlig facon. Hun var primadonnaen, der var i sin gode ret til at kritisere festens tema. Hun hævdede, at det var umuligt at finde en klud, der matchede temaet. "Det er et håbløst tema, det dér!" himlede Tina op: "Hvad skal en ægte partybitch i et cirkus? Cirkus er for pattebørn!" Tina kiggede på Mille og forventede en bekræftelse. Mille nikkede og kommenterede efter en pludselig indskydelse: "Det er kor-rekt!" docerede hun med en affekteret skolelærerstemme, imens hun stak pegefingeren i vejret med en belærende gestus: "Cirkus er for mindreårige, ligesom porno er for unge! Nemlig sjov og ballade, ren underholdning uden mening. Det kan virke ensformigt i længden, men i det mindste kan man få candyfloss og popkorn i pausen. Senere kan man selv eksperimentere videre, og der kan det blive interessant!" Mille noterede sig tilfreds, at hendes kommentar høstede bifald, og Tina greb straks bolden: "Ja, porno og cirkus er helt klart sammenlignelige. God observation, Mibitch! Hvordan skal vi så dresse os op, så vi scorer cirkussex?" Milles svar faldt prompte: "Luftakrobater! – Vi må hjem og øve os på nogle moves. Noget med virkelig spredte ben, imens vi gynger! Eller gå i bro i en sixty-niner. Vi har hele eftermiddagen til at komme op med sexakrobatiske moves og finde trikot og tylskørt frem!" Tina lo ad Milles opfindsomhed og begyndte at lave sexmoves, hvilket bevirkede, at de omkringstående hujede, imens de gloede uhæmmet på hendes krop. Mille ville tage del i den optræden og begyndte at sno sig hoftesvingende i takt med Tina. I det samme kom bussen, og gruppen omkring de to kommende sexakrobater åbnede sig og lod Tina og Mille gå forrest op i bussen. "Vi ses til sexcirkus i aften!" proklamerede Tina højt, henvendt til både chaufføren og alle andre i bussen. Chaufføren smilede venligt til flokken af unge, der myldrede op i bussen, men kommenterede klogelig ikke deres interne jokes. Mille var oppe at køre efter succesen ved stoppestedet, og de to veninder gik catwalk ned gennem bussen, som to topmodeller. Alle stirrede lækkersultne på dem, følte Mille. De ignorerede dog blikkene, imens de grinende fik svajet og danset deres lækre kroppe ned gennem midtergangen. Mille havde lært sig at scanne rummet, når hun gjorde sin entré, fordi det var utjekket at kigge efter om nogen så på hende. Som partybitch skulle man se ud, som om det hele ragede én en høstblomst. Sådan var gamet. Selvfølgelig var hun opmærksom på manden, der gloede uhæmmet på hende og åd hende med øjnene. Tina måtte også have bemærket det, for hun styrede dem ind på sædet bag ved manden, hvor de åbenlyst grinede af ham. Mille så derefter ud af øjenkrogen, at Stacey fra deres klasse lod sig dumpe ind på sædet bag ved dem, og hviskede til Tina, at Stacey mindede hende om et surt løg. "De er sure, sagde ræven!" svarede Tina fnisende. Hende Stacey kunne bare ikke gamet, konkluderede Mille i sit stille sind, imens Tina vendte tilbage til at tale om aftenens fest, og hvordan de skulle sexe cirkustemaet op.

Mille kunne gamet, dét vidste hun, men hun havde været mange år om at lære det. Milles game var at være beundret og populær i gymnasiet. Hun var, indtil videre, lykkedes hundrede procent med det. Hun styrede gamet, men hun var klar over, at hun aldrig ville have klaret det uden Tina. De to kørte med klatten sammen. Mille fornemmede vagt, at hvis hun ikke spillede med, så fandt Tina bare en anden medbitch. Det måtte ikke ske, for så gled hun selv bare ud i glemslen igen. Mille huskede med gru på sine år i folkeskolen. Hendes tanker kunne godt tillade sig at strejfe lidt, når Tina førte sine lange monologer. Mille havde nemlig lært at lukke af for Tinas vedvarende snak og samtidig se ud, som om hun hørte efter. Mille skulle bare hæve øjenbrynene og komme med udbrud på de rigtige steder, så behøvede hun ikke at følge så nøje med hele tiden. I folkeskolen var Mille den stille pige, der aldrig blev set eller hørt. Hun var i stigende grad blevet træt af at være den pæne pige, som ingen rigtigt regnede for noget, undtagen når hun gjorde noget for andre. Selvfølgelig blev hun bemærket, når hun hjalp klassekammerater med lektier. De var også søde nok, når hun hentede noget for én eller gav noget til en anden. Hun var aldrig blevet drillet, hun blev ligesom bare ikke regnet for noget. Hun var aldrig blev valgt først til noget, og hun blev indimellem glemt, når der blev inviteret til fødselsdag, eller når der skulle vælges hold. Så måtte Mille selv gøre opmærksom på, at hun også var der. Det resulterede i, at de tog hende med, lidt flove over, at de havde glemt hende. Ikke modvilligt men heller ikke begejstret. Mille var altid med som det tynde øl, og følelsen af at blive anset som *frøken Ligegyldig* rumsterede ofte i hende, som en mus rumsterer i et køkkenskab om natten. Det værste var, at hun allerede i de små klasser fik på fornemmelsen, at lærerne brugte hende som socialt kit i klassen. Denne fornemmelse varede hele hendes skolegang. Det var ikke noget beviseligt. Mille kunne ikke slå ned på det og klage over, at hun blev behandlet anderledes end de andre i klassen. Mille mærkede det bare. For eksempel når hun blev sat ved siden af den ensomme eller den adfærdsvanskelige, urolige møgunge. Eller da hun blev sat ved siden af en pige, der havde behov for omsorg og trøst, fordi hendes far blev syg af kræft og døde. Mille vidste da også instinktivt, hvad hun skulle sige og gøre, så de pågældende klassekammerater kom igennem og kunne klare sig i skolen. Alligevel følte hun en intens, indre modstand over at blive brugt på den måde, for hun var selv en videbegærlig pige. Den side af hende kom åbenbart i anden række for lærerne. I hvert fald brugte de hende til at holde ro og orden i klassen. Mille hadede også, at hun altid blev sat til at lave gruppearbejde med de værste elementer i klassen og skulle kæmpe for, at hendes gruppe fik et nogenlunde resultat. Hun blev aldrig sat sammen med de dygtige og flittige elever, som var på hendes eget niveau både fagligt og med hensyn til modenhed. Derfor fik hun ringere kår til at udvikle sine egne evner. Nej, for Mille skulle altid agere støttepædagog for én eller anden klassekammerat, samtidig med at hun skulle lære noget selv. Mille mærkede stadigvæk den bitre, ætsende fornemmelse i maven, hver gang hun kom til at tænke på Hans Ulrik. Hun havde lyst til at brække sig. Bare navnet: Hans Ulrik. Det var en dreng, der simpelthen ikke kunne sidde stille på en stol. Han måtte have DAMP eller ADHD, eller hvad det nu hed. Han var blevet flyttet rundt mellem flere skoler, før han var havnet i deres klasse, det vidste alle. Der var sådan set ikke noget ondt i ham, han kunne bare ikke styre sig. Han kunne ikke deltage i en normal skoletime uden at gøre opmærksom på sig selv. Nogle gange stak han blyanter i ørene og næsen, imens han sad og lavede underlige lyde, så læreren måtte afbryde undervisningen for at kalde ham til orden. Eller også rejste han sig bare og gik rundt. Når læreren irettesatte ham, så han helt forskrækket ud, for han skulle jo bare lige det ene eller det andet. Klassen lo af ham, og der var altid uro omkring Hans Ulrik – altid. Hvis han blev sendt ud, så løb han rundt på gangene og bankede på dørene ind til alle klasseværelser eller løb udenfor og kiggede ind af vinduerne og lavede ansigter. Det var næsten umuligt at have en normal klassetime, når Hans Ulrik var i skole, for man blev afbrudt halvtreds gange af hans klovnerier. Han var sød nok, men Mille hadede at sidde ved siden af ham, for det tog hendes fokus fra at lære noget. Hun kom til at sidde ved siden af ham i næsten to år, fordi hun var så god til at holde ham under kontrol. Mille var ved at brække sig over, hvad hun var gået glip af med hensyn til at skabe relationer til andre i klassen og med hensyn til læring. Hun havde betalt en høj pris, fordi hun blev brugt til at holde styr på Hans Ulrik. Han kartede altid rundt på stolen, og hun brugte mange kræfter på at holde ham fangen. Det krævede tålmodighed og fantasi at aflede hans evige trang til at springe op og give lyd fra sig. Mille pegede i hans bog og hviskede: "Se, den her kan du ikke tegne!" eller prøvede at tale til hans higen efter sin fars opmærksomhed: "Hør nu efter, for ellers bliver du ikke lige så klog som din far!" Mille vred sin hjerne i hver time for at holde ham på plads, så timen kunne køre uden forstyrrelse, samtidig med at hun prøvede at høre efter, så hun kunne lave sine lektier derhjemme. Mille glemte aldrig engang, hvor hun overså Hans Ulrik en stund i engelsktimen, fordi det var så spændende at høre om Shakespeare. Mille blev fanget ind af hans skuespil. Tænk, han havde lavet Romeo og Julie og et stykke om en prins på et dansk slot. Hun glemte helt Hans Ulrik, indtil hun opdagede, at han sad og tegnede pikkemænd på hendes penalhus med en sort tusch. Mille blev aldeles rasende, for det var et nyt penalhus, hun lige havde fået. Desuden var det grænseoverskridende, at han tegnede pikkemænd. Hvad fanden regnede han hende for? Efter alt det, hun gjorde for ham. Mille flåede sit penalhus til sig og skreg: "For helvede, Hans Ulrik! Din tarvelige skid!" Hans Ulrik så bare fjoget og tilfreds ud, fordi han havde fået den opmærksomhed, som han higede efter. Læreren, det svin, havde skældt Mille ud, fordi hun forstyrrede timen. HUN forstyrrede timen! HUN blev skældt ud, fordi hun ville følge med i timen. Det kunne hun åbenbart kun få lov til sekundært, når hun først formåede at holde Hans Ulrik i kort snor. Hans Ulrik – bare navnet fik hende til at skære ansigt.

"Hvorfor ser du sådan ud i fjæset? Synes du, det er en dårlig ide med den sexcirkus-T-shirt?" spurgte Tina halvfornærmet. UPS, tænkte Mille: Der kom tankerne vist for langt på afveje. Hun var sig ikke bevidst om, at det kunne aflæses i hendes ansigt, at hun genoplevede en scene fra sin tid i folkeskolen. Mille samlede sig og kiggede på Tina og rettede fokus på aftenens fest, som veninden ævlede løs om. Tina og Mille var blevet kendt på Facebook og Instagram for de selfies, de tog til hver af de fester, de deltog i. Efterfølgende fik de lavet T-shirts med den bedste selfie fra festen og lagde selfierne ud med rigtigt tarvelige bitch-kommentarer til festen eller om udvalgte deltagere. Folk elskede, når bitchene rakkede ned på sagesløse festdeltagere, for så kunne de diskutere, om det var okay, eller om man skulle vende tomlen ned, og på den måde fik alle luftet deres egne holdninger. Der var også mange, der irettesatte Tina og Mille og rakkede de to bitches ned i debattråden. Det var en del af legen, og det styrkede deres image som party-bitches. På den måde havde brandet Tibitch og Mibitch hurtigt taget form og var blevet stærkt. Tina var åbenbart færdig med at tale om selfies og sexcirkusstilen til aftenens fest, for nu luftede hun sine planer om at score Dan. Dan var en sød fyr fra klassen. Han var ikke noget særligt, han havde i hvert fald ikke en høj status blandt gymnasieeleverne. Den eneste grund til, at Tina ville score ham, var, at han endnu ikke figurerede i hendes hemmelige scorelog. Nu hvor Tina talte om at score, bebrejdede hun i samme åndedrag Mille, fordi hun holdt fast på Aske. Mille og Aske havde kommet sammen et halvt år nu. "Det er dårligt for vores image, at du slæber rundt på en kæreste!" formanede Tina, og Mille sukkede. Det var næsten blevet en vane, at Tina pressede på, for at hun skulle skille sig af med Aske. "Du er ved at blive for følelsesmæssigt afhængig af ham. Så stor en sexgud er han da heller ikke! Eller det er han måske – miav!" Tina imiterede en kat og formede en pote med kløerne ude. Tina hvæssede kløerne på Mille og gav hende ikke tid til at svare, men fortsatte sin anti-Aske-kampagne: "Når du knytter dig følelsesmæssigt til ham, så ender det bare med, at han er en dick over for dig. Helt garanteret. Sådan er de alle sammen. Desuden er det ikke spor bitchet, at du gør dig til en lillemor, der sidder derhjemme og ser TV-serier med dick-hovedet. Er det det, du ønsker? At skifte vores bitch-T-shirt ud med et forklæde?" Tina så vredt på Mille, som kiggede ned og rystede på hovedet. Mille var splittet i denne sag, for hun elskede at være party-bitch sammen med Tina. Mille følte, at hun fortjente opmærksomheden efter alle årene som *frøken Ligegyldig* i folkeskolen. På den anden side var Aske bare så sød. Hun følte sig rigtig, når hun var i hans arme og indsnusede hans duft. Han lugtede af mand, syntes Mille. En rigtig mand, i hvis arme hun kunne glemme sig selv. Aske havde været den første, hun havde haft sex med. Hun havde også været den første for ham, havde han betroet hende. Det bandt dem sammen med et specielt bånd, syntes Mille. Det bedste ved Aske var dog, at hun kunne slappe totalt af sammen med ham. De så TV-serier sammen og sad i sofaen og kyssede, imens de fulgte episode efter episode på skærmen med et halvt øje. Når de blev sultne, spiste de junkfood, stadig siddende i sofaen, imens serierne rullede over skærmen. De rejste sig kun for at gå en tur med hendes hund, Le Brick. Milles mor kaldte dem for "Kysbananerne". Det var sødt, syntes Mille. Hendes mor var dog pinlig, for det var tydeligt, at hun var nysgerriheden selv, når hun kom ind i stuen, hvor Mille og Aske sad sammenfiltret i sofaen. Hun foregav at have ærinder og spurgte, om de skulle have noget med fra bageren, eller om de ville have en kop te med. I virkeligheden var hun nysgerrig efter at vide, hvad de lavede. Mille og Aske havde intet privatliv, hverken i Milles hjem eller hos Aske. De var kun alene, når de gik tur med hunden. Derfor gik de lange ture. De gik som regel ud i skoven. Derude havde de elsket for første gang og mange gange siden. Når de ikke kunne ligge i skovbunden, på grund af at den var for våd, så gjorde de det op af et træ. Nogle gange blev det bare til et blowjob. Le Brick var ikke utilfreds med, at de standsede, den snusede uforstyrret, glad rundt i skovbunden i nærheden. Det føltes simpelthen så afslappende og nemt at være sammen med Aske. I modsætning til dette var det ikke let at slappe af sammen med Tina, for de to skulle hele tiden

68

være på. Det kunne være anstrengende. Mille rystede på hovedet for at hælde tankemyldret ud og fokuserede igen på, hvad Tina fortalte. Hun var i gang med en monolog om sin scorelog. Den hemmelige scorelog, som Dan skulle skrives ind i, før natten var omme, lovede Tina. Scoreloggen var altid med hende, for den lå gemt på hendes mobil. Hun skrev kommentarer om hver eneste mand, hun havde været sammen med, og peppede listen op med snapshots. Alle dem, som Tina havde haft sex med, var registreret på mobilen – og det var sindssygt mange. Tina havde betroet Mille, at hun ikke var bange for at gå online med noget af det, hvis det skulle komme dertil, at en fyr var en dick over for hende. "Han ryger direkte på Instagram, med dick-pic og det hele," sagde hun engang og tilføjede uden at trække vejret: "For real, Mille, det er min backup-plan, hvis en fyr viser sig at være en dick!" Mille så, at Tina mente det alvorligt, men var samtidig glad for, at Tina aldrig havde haft brug for at gå online med sin scorelog. Hun frygtede, at Tinas metode til at få hævn kunne ramme tilbage i hovedet på Tina selv med 180 kilometer i timen. Mille delte dog ikke sin frygt med Tina, hun nøjedes med at se tilpas beundrende ud og give hende V-tegnet. I en fortrolig stund indrømmede Mille over for Tina, at Aske var den første, hun havde været i seng med. Siden da havde Tina været en ivrig fortaler for, at Mille skulle se at komme videre til næste scoring og få sig lidt mere erfaring. "Du kan ikke fortsætte med at være hans skødehund!" formanede Tina hende gang på gang. Mille indrømmede over for sig selv, i sit stille sind, at hun egentlig ikke havde noget imod at være Askes skødehund. Når hun tænkte på sin egen hund, Le Brick, på dens trofaste og kærlige blik, blev hun helt varm indeni. En hund er et særdeles elsket medlem af familien, var Milles erfaring. Alle i Milles familie havde sjove historier at fortælle om Le Brick. Sådan en sød-sjov person ville hun gerne være for Aske. Hun ville gerne være pigen, der gjorde ham varm indeni, når han tænkte på hende. Mille ønskede ikke en scorelog, hun ønskede en kærlig familie med en hund. En hund som Le Brick. Da Mille havde tænkt dette, kom hun i tanker om, hvordan Tina havde ødelagt Le Bricks gode navn. Tina var midt i en detaljeret beskrivelse af sine score-moves, og hvilke hun ville bruge på Dan. Tina havde endnu ikke fundet på et øgenavn til Dan, for han var alt for almindelig, beklagede hun sig. Hun svor på, at hun ville finde på det perfekte navn til Dan, inden hans sæd nåede at tørre i hendes trusser. Det med øgenavnet fik Milles tanker til at drage på langfart på ny.

Tina havde den vane at give alle frække øgenavne. Det var ofte noget, der rimede. For eksempel havde hun fundet på, at de to skulle kalde sig Mibitch og Tibitch, fordi de var to bitches med itches. "Det klør i fjamsen på os!" proklamerede Tina. Det var sejt, hvad hun kunne finde på – lige ud af den blå luft, syntes Mille. Hun beundrede den evne, men hun var godt nok ked af, at Tina også fandt på et øgenavn til Milles gamle cockerspaniel. Le Brick var ti år gammel. De fik den, da Mille var otte, og hendes forældre havde bestemt, at Mille og hendes lillebror skulle lære ansvar og have hver deres pligter overfor den hundehvalp, som de skulle anskaffe sig. Beslutninger om hunden skulle foregå demokratisk, for det var hele familiens hund. Først og fremmest skulle der findes et navn til den, og de skulle fordele opgaver, såsom gåture og fodring, tid til at gå i hundeskole, leg og læring. Den skulle være et familiemedlem, som de sammen skulle tage ansvaret for. De havde deres første familiemøde den lørdag morgen, hvalpen var flyttet ind. Det blev det første i en lang række af demokratiske møder, der handlede om ansvar, pligt, belønning og straf, og som blev en tradition hjemme hos dem. De kunne alle frit foreslå navne til hvalpen, og de skulle blive enige om ét på demokratisk vis. Der var kommet mange navne på bordet, men de endte med at vælge hendes forslag. Selv hendes lillebror, der diskede op med 117 forslag, endte med at stemme på hendes forslag, så navnevalget blev enstemmigt. På den måde kom deres hund til at hedde Le Brick, fordi den var en vigtig brik i puslespillet, som deres familie udgjorde. Mille havde altid været stolt af det navn, som HUN havde fundet på. Det lød sejt, det var specielt og passede bare godt til deres cockerspaniel med de bløde ører og store, kærlige øjne. Men engang hun havde haft Tina med hjemme, var navnet blevet ødelagt. For Tina var, med sine sædvanlige sjofle navnerim, begyndt at kalde hunden for Le Dick i stedet for Le Brick. Tina kunne ikke moderere sig, for hende var der ikke noget, der var helligt. Hun introducerede rimnavnet, selvom Milles mor var der og hørte det hele. Det var en fredag, hvor Mibitch og Tibitch var taget hjem til Mille for at chille lidt ud efter skoletid, indtil de skulle i byen. Selvom Milles mor stod i køkkenet, da de kom ind, bukkede Tina sig ned til Le Brick, der kom dem glad i møde, og sagde: "Nå, Le Dick er glad for at se mig! – Se! Den kan slet ikke stå stille," hvinede hun og fortsatte: "Du vil måske have et blowjob, Le Dick!" Hun formede et rør med hånden og bevægede den frem og tilbage foran sin mund, som om hun var ved at give et blowjob. Le Brick blev nysgerrig, måske troede den, at Tina var ved at spise noget, så den stak snuden helt ind i hulrummet i Tinas hånd. I det samme pustede Tina kraftigt igennem hulningen lige ind i Le Bricks snude, så den fór forskrækket tilbage. Mille blev helt paf og fangede et glimt af mors forfærdede blik. Le Brick løb ind under bordet med halen imellem benene, og moren fik lagt ansigtet i alvorlige folder og sagde bebrejdende: "Hov hov! Det må du ikke gøre igen. Det kan den ikke lide!" Efter denne entre kunne hverken Milles mor eller Le Brick udstå synet af Tina. Moren snerpede altid munden sammen og var iskoldt høflig og afmålt, når Tina tog med Mille hjem. Hunden forsvandt ud af syne, så snart Tina gik ind ad døren. Tina lod ikke til at bemærke det, hun opførte sig, som hun plejede, men Mille mærkede, at luften var tyk af morens afstandtagen. Det var irriterende, at hun havde lavet blowjob på Le Bricks snude. Det var ikke spor sjovt, men langt værre var det, at hun på den måde havde kastet smuds på det navn, som Mille havde været stolt af og glædet sig over i hele Le Bricks liv. Nu var det umuligt at tænke Le Brick uden at tænke Le Dick og se Tina imitere det ulækre blowjob for sig.

Mille tunede atter ind på Tinas monolog. Tina havde uanfægtet fortsat med at udrede og finpudse aftenens scoreplaner. Mille så på Tina og nikkede opmuntrende, hvorpå hendes blik sank et par grader til Tinas kavalergang. En tatovering af en engel, hvis overkrop stak provokerende op imellem hendes bryster, dominerede synet. "Hold så op, bitch! Nu sidder du og savler over min engel igen. – Hvis jeg ikke vidste bedre, ville jeg begynde at tro, at du var til piger!" lo Tina. Mille lo med og aede Tinas engel med fingeren: "Det er sgu da ikke dig, jeg kigger på, men ham her! Jeg er så hot for ham, ved du!" Mille kunne godt lide dét, de to havde sammen. Hun elskede at lege med ordene med deres interne jargon. De var beundret af alt og alle, fordi de stillede sig til skue og var rappe i kæften. Hun elskede, at folk anså hende for at være en sexet bitch. Hun solede sig i alt det, hun var sammen med Tina. Der var bare det dilemma, at hun havde det så rart sammen med Aske. Dét at være kæreste med en helt almindelig fyr gjorde hende afslappet og glad. Simpelthen glad og tryg, så måske ønskede hun inderst inde ikke at være en party-bitch. Hun funderede videre over spørgsmålet: Måske ønskede hun sig det samme som alle de andre pæne piger. – To be a nice girl, or to be a bitch. That's the question, tænkte Mille og følte sig helt shakespearsk. Hun indså, at hun aldrig havde tænkt langt ud i fremtiden. Hun havde forestillet sig bitcheriet som noget midlertidigt, som noget, hun kørte af i gymnasietiden for at bevise over for sig selv, at hun kunne styre gamet. Hun havde kun forestillet sig at være bitch gymnasietiden ud, for derefter kunne hun vælge, lige hvad hun ville til den næste fase af sit liv. Dilemmaet trængte sig ubelejligt på, nu hvor hun havde Aske. Hun kunne selvsagt, hvilket Tina igen og igen gjorde hende opmærksom på, ikke både være kæreste med Aske og være party-bitch på én og samme tid. Lige nu kunne hun bare ikke bekvemme sig til at sige byebye til hverken Aske eller party-bitch-livet. Dilemmaet var som hendes navlepiercing, filosoferede hun. Aske kunne ikke fordrage den, men Tina, der selv havde navlepiercing, havde været ellevild med den. Mille og Tina søgte på nettet sammen efter fede sten til at sætte i navlen. Tina havde en ide om, at de skulle have ens sten, bare i hver sin farve. Det syntes Mille var en sjov ide, selv om Askes beske kommentar fortsat ringede for hendes ører. Han havde påstået, at hun ikke havde nogen selvstændig mening, når hun var sammen med Tibitch, at hun bare rendte rundt efter hende og logrede som en skødehund. Aske havde såret hende med sin hån og påstand om, at hun gjorde sig til en kopi af Tina. Det var ikke tilfældet, for hun havde, for eksempel, meget tydeligt sagt fra, da Tina foreslog, at de skulle få lavet en party-bitch-tatovering sammen. Det var faktisk dengang, hvor Mille havde fået ideen med at lave T-shirts påtrykt deres selfies og de havde fået Tinas tegning som deres party-bitch-logo. Mille havde sagt fra foran hele klassen. Hun stod fast på, at hun ikke var fan af tatoveringer. Hun havde ikke lyst til at blive tatoveret, og hun havde begrundet det i faren for, at det kunne gå galt. Hun kendte rent faktisk en mand, sin kusines mand, hvis tatovering var gået galt. Det var ikke noget kønt syn, og Mille havde billeder af det på sin mobil. Mille blev stolt af sig selv, når hun tænkte på, hvor fint hun havde håndteret den situation. Det var lige før, det havde udviklet sig til en krise, for Tina var blevet fornærmet over, at Mille ikke også ville have en tatovering, når Tina og alle andre, der var værd at nævne, havde én eller flere. Desuden havde Tina allerede lavet et udkast til deres bitch-tatovering, og ved at sige nej havde Mille indirekte kritiseret hendes tegning. Milles intention var ikke at kritisere Tina eller hendes tegning, hun syntes faktisk, at det var en fed tegning, der passede godt til dem. Den forestillede et champagneglas lidt på skrå, og nede i boblerne i glasset sad en enhjørning med store bryster i champagne til livet. Den var elegant som til en gallafest, men på samme tid var der noget intimt over den som at have sex i boblebadet. Den havde en prinsessekrone rundt om sit snoede horn og smilede indbydende til beskueren. Enhjørningen bød til fest med et løfte om sex. Denne skønne tegning måtte ikke gå til spilde, så Mille foreslog, at tegningen skulle være deres logo og trykkes på T-shirts og lægges ud på Facebook og Instagram til minde om alle de oplevelser, de havde sammen. Jo, Mille følte, at hun var en ligeværdig party-bitch, hun var ikke blot et vedhæng til Tibitch. Aske havde ikke forstået sagens rette sammenhæng. Måske var han slet og ret jaloux på hendes succes. I hvert fald strammede det til med at få truffet et valg: party-bitch eller Askes kæreste? Det kunne nok ikke udsættes meget længere, for hun var under pres fra begge sider.

"Hey, se lige ud af vinduet! Hvem har vi der?" Tina havde afbrudt sin monolog og pegede med en dirrende fuckfinger på noget uden for bussen. Mille kiggede ud og fik øje på Aske, som gik nede på fortovet sammen med Viktoria fra klassen. Tina og Mille stirrede i tavshed på dem, imens bussen kørte forbi. Aske gik med armen om Viktorias skulder. Mens de gik der, sagde han noget tæt på hendes øre, der fik hende til at le. Aske lo med og krammede hende tættere ind til sig. Da Mille og Tina ikke kunne vride sig længere rundt i sædet, drejede de nærmest synkront kroppene fremad igen og sad ordløse og kiggede frem for sig. Mille sad som et rådyrkid, der var stivnet i lyskeglen fra en bil. Paralyseret og stum. Tina sagde heller ikke noget. Mellemrummet imellem de to veninder var ladet med betydning, men så gav bussen et ordentligt bump. Milles tænder klappede sammen med samme lyd som når Le Brick snappede efter fluer, og Tina genvandt mælet i samme sekund: "What the fuck!" råbte Tina: "Kør ordentligt!" Tina var dog for optaget af Milles tilstand til at bitche buschaufføren. Tina trak den stivnede Mille ind til sig i sædet, og der kom liv i hende ved omfavnelsen: "Hvad lavede han med hende?" spurgte Mille fortvivlet. – "Han har lige givet dig fuckfingeren!" forklarede Tina: "Det er, som jeg siger: "Før eller siden viser de sig som en dick! Du skal ud af det forhold nu! – I aften skal Aske PLUS en anden mand blive de første to navne i din scorelog." – "Men der må være en forklaring!" insisterede Mille: "Jeg må ringe til ham og få en forklaring." Hun fumlede med at få sin mobil op af lommen. Tina tog fat i hendes håndled og rykkede hendes hånd op af lommen igen. "Hør nu på mig, Mibitch! Han vil bare påstå, at Viktoria og ham kun er gode venner. At hun var ked af noget – og at han trøstede hende ... En eller anden løgn. Det kan du være sikker på. Det er faktisk det eneste, du kan være sikker på.

Mænd lyver, og før eller siden opfører de sig som en dick over for én. Sådan går det, hvis man bliver sammen med én længe nok. – Du så netop, hvad der var længe nok sammen med Aske. It's over, baby! – Mibitch, for filan, indse det! Det eneste, du kan gøre, er at bevare bitchen i dig. Du skal ikke tigge om nåde eller bede om forklaringer, du skal bitche det væk. Hey! – Jeg deler gerne Dan med dig i aften, som en lille trøstermand! Av, ja! Endnu en brillant ide fra Tibitch: Vi laver en cirkustrekant og får nogle fede billeder ud af det i aften!"

Milles sind var i totalt oprør, men Tinas ord trængte alligevel ind og lejrede sig. Hendes tænder var ømme, efter at kæberne havde klappet så hårdt i, da bussen kørte over bumpet. Alligevel tyggede hun så hårdt sammen, at de spændte kæbemuskler gjorde hendes ansigtsudtryk hårdt og utilnærmeligt. Hendes dilemma havde netop løst sig selv. Hun ville ikke være Askes skødehund. Hun ville ryste ham af sig, som en hund ryster vand af pelsen. Hun ville fra nu af træde et hundrede og ti procent ind i rollen som Mibitch. Tibitch og Mibitch skulle på rov efter Dan i aften. Det skulle blive en uforglemmelig sexcirkusfest, der ville efterlade et hav af pics med sexakrobaterne i en trekant. Det ville blive episk og en stadfæstelse af Mibitch og Tibitch som de to bitches med itches.

Pernille, pigen med dragemod

Pernille gik helt ned bag i bussen og satte sig. Så langt væk fra sine støjende klassekammerater som muligt. Pernille var enspænder. Det havde hun altid været. Allerede som barn havde hun observeret, at hun gik mere alene rundt end de andre børn. En af grundene dertil var, at hun ikke interesserede sig for det samme som dem, og det fik hende til at føle sig forkert. Hun forstod ganske enkelt ikke sine jævnaldrende. Hvorfor var de letpåvirkelige og til salg for en skilling? De vendte og drejede sig for vinden. Derfor kunne man aldrig rigtigt stole på nogen, for alle de børn, hun kendte, kunne vende på en tallerken, hvis de fik muligheden for noget andet, som de lige syntes var bedre. Pernille selv var mere vedholdende og ordholdende end de fleste. Hun var stolt af den egenskab. Hun havde brugt oceaner af tid på at spekulere på, hvorfor det var sådan. Hvorfor mente de fleste mennesker, at principper var til for at brydes? Hvorfor var hvide løgne en sport, man skulle være god til for at kunne gøre sig socialt? En løgn var vel en løgn? Det havde givet Pernille hovedbrud at regne ud, hvornår en løgn var hvid og dermed socialt acceptabel. Hun var kommet frem til, at en løgn ansås for hvid, når den tjente fællesskabet i gruppen. Hvide løgne gjorde, at en gruppe ikke behøvede at se en ubekvem sandhed i øjnene. På individplan brugte man den hvide løgn sådan, at en person undgik noget, han eller hun ikke gad. Den hvide løgn var en fin måde at sige fra på uden direkte at afvise en anden person eller gruppen. Hellere en hvid løgn end en direkte afvisning, havde Pernille lært. Den direkte afvisning blev betragtet som en slags udmeldelse af gruppen, imens den hvide løgn gjorde afvisningen acceptabel – også selv om alle et eller andet sted vidste, at det var en løgn. For eksempel dengang klassekammeraten Marlene sagde, at hun ikke kunne lege med Pernille i dag, fordi hun havde lovet sin mor at rydde op på sit værelse. Pernille fandt dagen efter ud af, at Marlene havde leget med Lene, en anden pige fra klassen. Pernille konfronterede dem, men Marlene og Lene påstod samstemmende, at Marlene var gået hjem efter skole for at rydde op. Lene kendte ikke Marlenes aftale med moren, så hun var bare dukket op uden at vide, at Marlene ikke kunne lege den dag. Lene havde tilbudt at hjælpe med oprydningen, hvorfor de to havde fået lidt tid til at lege alligevel. Wham-bam – hvid løgn med løgn på, smilede Pernille hånligt og sprang i tanken til den næste kategori af socialt acceptable hvide løgne. Den hvide løgn kunne også, med lidt snildhed, bruges, når en person ønskede at opnå noget. Han eller hun kunne selvfølgelig bare bede om det, men det ville udsætte de andre for at skulle afvise behovet, der var fremsat. Afvisninger var åbenbart en belastning for fællesskabet. Men hvis man kunne strikke en hvid løgn sammen, der kunne få den enkeltes behov til at fremstå som hele gruppens behov eller som et hensyn, gruppen var nødt til at tage i en højere sags tjeneste, så var løgnen hvid. Hvid som sne, selv om de fleste udmærket kunne regne ud, at det var en simpel løgn. Et eksempel var, dengang hele klassen gik med på Pernilles ide om at tage sammen til stranden efter skole for at bade og spise sammenskudsmad. Marlene havde derefter shanghajet hele arrangementet ved at påstå, at man ikke måtte holde fest på stranden uden at anmelde det til politiet i forvejen. Marlene påstod, at hendes mor havde undersøgt sagen, og at de ikke måtte slå lejr på stranden med deres mad, hvis ikke de havde fået tilladelse, ifølge politivedtægten.

Derpå havde hele klassen, som havde glædet sig og havde forberedt hver deres ret at tage med, stået hjemløse med deres forventninger til en hyggelig og sjov eftermiddag. Da stemningen var mest opgivende, havde Marlene "reddet" hele arrangementet ved at tilbyde, at de kunne holde det hjemme hos Marlene selv. De havde en stor have med pool, så her kunne de også komme i vandet. Det var endda bedre, for der fik man ikke sand i badetøjet og ind mellem tænderne, når man spiste, fremhævede Marlene. Alle var glade myldret afsted efter Marlene. Lettede over, at det, de havde glædet sig til, alligevel blev til noget. Pernille havde senere undersøgt sagen og fundet ud af, at det var løgn fra ende til anden. Det handlede om, at Marlene ikke gad sand og strand, og om, at hun ikke kunne unde Pernille at være ophavsmand til en succesfuld sammenkomst. Argumenter, der selvfølgelig ikke kunne overbevise klassen. Ingen ville give slip på den hvide løgn efterfølgende, selvom Pernille kom med sine beviser. Nu havde de jo haft en god eftermiddag hjemme hos Marlene, så hvorfor beskæftige sig med årsagen til, at de var havnet dér? De nægtede at høre på, at de skulle være blevet manipuleret til at opfylde Marlenes behov. De syntes at mene, at Marlenes mor måske bare havde misforstået loven – og hvad så? Der skete ikke noget ved det. Jo, der gjorde, vidste Pernille, der skete det, at klassen levede på den hvide løgn af bekvemmelighed. Jo mere Pernille prøvede at få dem til at vågne op, des mere syntes de, at det var *hende*, der var noget galt med. Hvis hun var misundelig på Marlenes arrangement med pool og sammenskudsmad, så kunne hun jo bare selv invitere klassen til noget. Men hun *havde* netop inviteret klassen til noget, men det var gemt og glemt. Det gjorde ondt at have ret, uden at nogen ville anerkende det. Det havde forekommet Pernille så umoralsk, at hun nægtede at deltage i klassens leg med at hvidvaske løgne. Hun vidste, at hun havde fat i den lange ende med hensyn til løgn og bekvemmelighed, men ikke desto mindre havde det gjort hende ensom. At være et retfærdigt menneske, der ikke ville lege den leg, havde sendt hende ud af de fællesskaber, der ellers havde tilbudt sig undervejs i hendes opvækst. Det havde gjort hende ulykkelig som barn, fordi hun følte sig forkert, men efterhånden som hun voksede og lærte at læse, blev bøger hendes store interesse. Hun blev knivskarp i sine analyser af menneskelig interaktion og kunne se, hvad mennesker gjorde ved hinanden. Bøgernes verden havde også den fordel, at det ikke gjorde ondt på hende, som den virkelige verdens relationer kunne gøre. Selvom observationerne og analysen var den samme i begge verdner, så gjorde det kun ondt, når man følte uretfærdigheden på egen krop.

Bussen stoppede, og et ældre ægtepar stod af. Pernille så, at de tog hinanden i hånden, da de krydsede vejen bagved bussen og gik mod torvet. Pernille smilede, de så søde ud, som de gik der og udstrålede årtiers kærlighed og sammenhold. Hun drejede hovedet og vendte sin opmærksomhed mod klassekammeraterne, som sad længere fremme i bussen. Hun besluttede at lave læsemaraton i weekenden. Hun ville starte i dag, når hun havde lavet lektierne til på mandag. Hun gik på Køge Gymnasium, og hun havde brug for at koble af, for omgangstonen i klassen gik hende på, når weekenden stod for døren. Hvis hun begravede sig i bøgernes verden, ville hun have overskud til mandag morgen, hvor weekendens udskejelser ville blive evalueret. Det var én ting, at klassekammeraterne blev skingre, fnisende og åndsvage at høre på, når de gejlede hinanden op til weekendens fester. Værre var det dog om mandagen, hvor de kun talte om, hvad der var sket til festerne. Der var altid nogle, der havde været megastive, og der var altid nogle, der havde haft sex med den rigtige eller med den forkerte. Uanset hvad, så handlede al samtale om weekendens udskejelser. Pernille syntes, at det var usmageligt at høre på, hvordan de nedgjorde hinanden. Tag nu for eksempel de to bitches, Tibitch og Mibitch, som de kaldte sig selv. De to bitches havde endda haft den frækhed at give alle i klassen ondskabsfulde øgenavne. Pernille selv kaldte de for P-Per-Pervert. Det var ondt, fordi Pernille rent faktisk kom til at stamme nogle gange. Det havde hun gjort, siden hun var lille, hvis hun blev ivrig eller nervøs. Pernille hadede, når det skete, men hendes stammen kom og gik, uden hun kunne kontrollere det. Hun stammede dog aldrig, når hun var faglig og talte om sine lektier eller bøger, hun havde læst. Her var hun på hjemmebane. Pernille elskede at lære noget nyt og at diskutere det. Hun havde heldigvis Lee, som hun delte interessen for skolearbejdet med. Lee havde bitchene også givet et øgenavn. Ja, de havde givet ham to, for det første var åbenbart ikke slemt nok. Lee var superklog, han hungrede efter lærdom og engagerede sig levende i alle fagene. Derfor holdt Pernille meget af at lave lektier sammen med ham. Alting blev spændende, når man diskuterede det med ham. De to satte sig sammen flere gange om ugen på gymnasiet og arbejdede. Lee holdt sig ellers ret meget for sig selv. Han var ikke nogen scorekaj. Han var arketypen af en nørd. I starten af 1. g havde bitchene kaldt ham lynkineseren for at drille. Det var ondt, for det var en hentydning til hans afstamning, halvt kineser. På samme tid var det en seksualisering af en person, der slet ikke kunne håndtere det kodemættede spil, der kørte imellem kønnene. I det mindste tillagde øgenavnet Lee potens og maskulinitet, selv om det måske ikke lige er det mest eftertragtelsesværdige, at en mand gør sig færdig med seksualakten som et lyn, der lyser himlen op på et splitsekund. Øgenavnet var altså ikke det værste, en nørd kunne blive udsat for. Værre blev det, da Lee af vanvare deltog i en fredagsfest. Fester var slet ikke hans element, men han gjorde det vel for at passe ind og være som de andre. Til denne første og eneste fest havde han ikke bestilt andet end at flygte fra Tibitch, som åbenbart havde sat sig for at score ham. Da Tibitch indså, at missionen ville mislykkes, havde Tibitch og Mibitch trængt ham op i en krog, og Tibitch havde overfuset ham på det groveste. Mibitch havde taget fotos af ham imens. Efterfølgende havde bitchene lagt et foto ud på Instagram, taget lige op i fjæset på Lee, hvor man kunne se angsten i hans øjne. Den fedtede, skinnende hud på næsen og i panden fik ham til at ligne en pubertetsdreng. Det pubertære blev fuldendt ved, at en bums blomstrede i en selvlysende rød farve over øjenbrynet. Lees mund var forvrænget, og man kunne ligesom fornemme, at læberne bævede, som om han var lige ved at tude. Bitchene havde givet fotoet overskriften *Fuseren*, og under fotoet var der en beskrivelse af hans festdeltagelse, der var så grov og nedgørende, at de lige så godt kunne have sat ham i gabestok på torvet. Lee deltog selvfølgelig ikke i flere gymnasiefester efter den fatale debut, men øgenavnet Fuseren hang ved. Det fortalte i ét ord, hvad bitchene syntes om ham: Han var en taber, der ikke kunne antændes, hverken socialt eller seksuelt. Mange af klassekammeraterne skyede ham, som om han var spedalsk. Pernille kunne ikke fordrage de to ondskabsfulde kællinger for det, de havde gjort ved Lee. De to kællinger anførte med at gejle stemningen op omkring sex og druk til festerne. Ingen kunne få lov til at føre en normal samtale, når de var i nærheden. På en eller anden måde fik de altid erobret rummet og fik alle omkring sig gearet op til dette tomhjernede show, hvor man grinede hysterisk og prøvede at overgå hinanden med anekdoter fra drukfesterne. Pernille hadede det og forlod altid rummet, når det skete. Derfor var det næsten umuligt at være nogen steder sådan en fredag som i dag, hvor der var gymnasiefest om aftenen, for alle rum summede af forventningen til fest, druk og scoremuligheder. Heldigvis, tænkte Pernille i sit stille sind, havde hun i 2. g fået et skema, hvor hun havde tidligt fri om fredagen. Derfor var hendes lidelse forkortet til få timer, før hun kunne komme væk.

Pernille kløede sig i det stive sorte hår. Hun måtte se at finde en anden måde, som kunne få punkerfrisuren til at stå lige op. Håndsæbe var effektivt, men det udtørrede hovedbunden, og hun var blevet bevidst om, at hun var begyndt at sidde og klø sig i håret. Hendes hånd strejfede øret, og hun mærkede efter, om de syv øreringe sad, som de skulle. Jo, det hele var, som det skulle være. Pernille var stor fan af Lisbeth Salander. Hun havde slugt Millennium-bøgerne om computergeniet, der var blevet mishandlet og misbrugt, men som havde fundet sin helt egen vej i livet. Pernille havde set filmene flere gange og genså indimellem afsnit af serien på Netflix. Hun havde levet sig ind i Lisbeths tankesæt og efterhånden lagt sin egen stil efter Lisbeths forbillede. Pernille havde endda også fået tatoveret en drage på skulderen. Det var ikke kun udseende, Pernille kopierede, hun arbejdede efter bedste evne på at matche Lisbeths viden og kunnen. Pernille havde ikke fotografisk hukommelse som Lisbeth Salander, og derfor var det et knoklearbejde. Pernille havde besluttet sig for at stræbe efter topkarakter på gymnasiet, fordi det ville være et godt grundlag for at blive en eminent researcher og analytiker ligesom Lisbeth. Samtidig ville Pernille mestre IT på niveau med de mest snedige hackere. Pernille ville dog ikke bruge sin viden til at få hævn eller til selvberigelse. Pernille ønskede at tjene samfundet. Hun ville søge ind i politiet, når hun blev færdig på datalogi, for at jagte kriminelle på nettet. Hun ville bruge uortodokse metoder, men hendes mål var at bidrage til en tryg og retfærdig verden. Det ville hun bidrage til, så godt som hun overhovedet kunne. Pernille havde et lille, skørt ritual, som hjalp hende med at holde sig på sporet af sin drøm. Når hun mærkede modstand eller følte, at hun var ved at tabe modet, så rakte hun sin højre hånd om og klappede sig selv på skulderen, der hvor dragen var tatoveret, og sværgede til dragen, at hun ville finde sit dragemod frem og kæmpe videre. Hun lovede dragen at gå hvert skridt i Salanders fodspor, uanset hvor ondt det gjorde. Pernille havde trods alt ikke lidt, som Lisbeth Salander havde. Det var bare med at komme op på hesten igen, når man faldt af ... Nå ja, komme op på dragen igen, smilede Pernille. Hun elskede sin dragetatovering. Den var helt hendes egen, der var ikke ret mange, der vidste, at hun havde den. Stacey fra klassen havde lagt mærke til den i brusebadet til gymnastik. Pernille kiggede frem i bussen og fæstnede blikket på Staceys ryg. Stacey var okay, hun ville selv have en tatovering, og Pernille havde opfordret hende til at gøre det. Pernille havde i hvert fald meget glæde af sin drage. Når hun klappede sig selv på skulderen, var det lige, som om den udsendte varme og gav hende dragemod. Bare vent, til hun havde fået motorcykelkørekort og sad med sin kandidatgrad i datalogi, så kunne IT-kriminelle aldrig mere vide sig sikre. Hun ville slå dem i deres eget spil. Hun ville sende dem mange år bag tremmer. Hun forestillede sig, at hun anonymt overførte dele af deres bortgemte formuer til velgørende formål, som for eksempel Grevinde Danner, Børns Vilkår eller Psykiatrifonden. Hun ville kæmpe for de svage i samfundet på sin egen måde med dragemod, næb og kløer.

Pernilles hånd fór igen op, og hun kløede sig i nakken, i grænsen til det stride, sorte hår. Pernille tog sin hånd ned og så sig skyldbevidst om. Hun ønskede ikke, at klassekammeraterne skulle bemærke, at hun sad og loppede sig. Især ikke de to bitches. Pernille kiggede på dem og lagde mærke til, at der var noget helt galt med de to. Deres kropsholdning udstrålede for en gangs skyld ikke sex og selvglæde. Tibitch og Mibitch sad som stivnede saltstøtter og kiggede ud af vinduet efter noget, som åbenbart havde bragt dem ud af fatning. Ha-ha-ha! jublede Pernille. Hvor var det skønt at se, at de to bitches kunne blive bragt ud af fatning. Pernille havde ofte fantaseret om, at hun kunne slå det selvtilfredse smil af deres fjæs. Hun forestillede sig scenen fra Millenniumfilmen, hvor de to rockere fra Savelsjö MC troede, at de var kattene, der legede med en mus. De kom kørende på deres motorcykler til advokatens sommerhus, som Lisbeth Salander var i gang med at gennemsøge. Da de fik øje på hende, som hun stod der alene, standsede de motorcyklerne og lo. Hun så lille og forsvarsløs ud. De kaldte hende for Salandermær og truede hende med tæsk og voldtægt. De troede sig sikker på, at de havde overmagten, fuldstændigt ligesom bitchene gik og troede, at de havde overmagten over Pernille. I Pernilles fantasi gjorde hun fuldstændig ligesom Lisbeth, hendes heltinde med dragemodet. Hun nedkæmpede dem med beslutsomhed og et mod, som kun kan komme af, at man bliver ét med sin drage. Pernille så det for sig i slowmotion, hvordan hun langede Tibitch en lige højre, så blodet sprøjtede ud af hendes brækkede næse. Hun forestillede sig Tibitch skrige af smerte. Pernille ville derefter lynhurtigt være over Mibitch, før hun kunne nå at reagere. Mibitch ville være fanget på et ben, ubeslutsom om, hvorvidt hun skulle flygte eller komme sin veninde til hjælp. Uanset hvad ville Pernille med en kraftig manøvre træde sin støvles hæl ned ad Mibitch' ben, så hendes knæskal ville blive mast ned i skinnebenet. Begge bitches ville være ukampdygtige på et øjeblik. Et voldeligt øjeblik, som blev forlænget af at blive afspillet i slowmotion og set fra forskellige vinkler, forfra og forfra igen i Pernilles fantasi. Som en reprise fra ens yndlingskampscene. Åh, hvor Pernille altid frydede sig, når Salanderfilmen kom til dét sted, efter den korte kamp, hvor Lisbeth, på trods af sin størrelse, overlegent overmandede de to rockere. Derefter satte hun sig overskrævs på en af de slagne rockeres motorcykel og kørte afsted ud ad landevejen med et lille, tilfredst smil om munden. Sådan ville Pernille se ud, den dag hun havde sablet de to bitches ned. Ha-ha-ha, den, der ler sidst, ler bedst, tænkte Pernille skadefro.

Bussen gav et ordentligt hop og afbrød Pernilles hævnfantasi. Pernille svævede et kort øjeblik en halv meter over bagsædet, før hun landede på kanten af sædet. Kun en hurtig reaktion fra hendes side forhindrede hende i at køre ned ad sædet og få en hård landing på gulvet. Pulsen dunkede i ørene på hende, og hun trak vejret i stød. Sikke et chok, tænkte Pernille, mon det var en slags guddommelig hævn over hendes egne hævntanker? Pernille genvandt fatningen og skammede sig lidt over sine voldelige fantasier. Det skulle standse her, besluttede hun med sig selv. Hvordan var hun bedre end de to bitches, hvis hun ønskede at få dem ned med nakken? Det var jo dét, de to kællinger hele tiden gjorde. Det berettigede ikke Pernille til at gøre det samme mod dem. Det berettigede ikke engang til, at hun forestillede sig, at de kom ned med nakken. Hun så, at der var sket en ændring med de to bitches længere fremme i bussen. De så krumbøjede og ulykkelige ud. Pernille kunne ikke høre, hvad de sagde til hinanden, men hun mærkede, til sin egen forundring, at hun ikke frydede sig over deres tydelige nedtur. Pernille knyttede sine hænder og lovede sig selv, at hun ville bestræbe sig på at være et godt menneske. Hun ville arbejde for politiet i kampen mod datakriminalitet, men hun ville ikke blande følelser ind i jagten på de kriminelle. Ligegyldigt hvad de havde gjort, så var det kun fakta og beviser, der skulle fælde dem. Pernille ville være retfærdigheden selv. Sådan skulle det være, når man havde dragemod.

Ægtemanden Carl

Hun så efterhånden altid skidesur ud, tænkte Carl og klappede kærligt sin kone på hånden. Han sad på sædet ved vinduet, og hun sad ved hans side på sædet nærmest midtergangen. De var på vej til torvet. De var taget med bussen, for det var efterhånden ikke til at finde ud af parkeringsreglerne i bymidten mere. Carl syntes, at det var for dårligt, at de skulle betale for at få lov til at handle i byen. Det var startet med, at byrådet havde indgået en aftale med de store selskaber, der byggede lejlighedskomplekser i centrum. Byggemagnaterne skulle tjene penge på deres parkeringskældre. Dem var der ingen, der ville bruge, når de kunne parkere gratis på torvet og de omkringliggende gader. Derfor havde kommunen indført betalingsparkering i den gamle handelsbys kerne. Føj for en studehandel! Det var ren grådighed at stikke snablen ned i bilisternes lommer! Som om vi ikke betalte nok i forvejen! Køb en bil og betal for tre, rungede sloganet i hovedet på Carl, imens et ironisk smil krusede om hans mund. Det var ikke så dårligt at tage bussen, blev Carl alligevel enig med sig selv om. Nu hvor han ikke var chauffør selv og skulle holde øje med trafikken, kom han til at studere Ernas ansigt ud af øjenkrogen, som hun sad der ved siden af ham. Selvom hun så sur ud, vidste Carl, at hun ikke var i dårligt humør. Erna havde tværtimod været i godt humør hele morgenen og havde glædet sig til deres bytur sammen. Det var årene, der havde trukket hendes mundvige nedad, så hendes mund var blevet en sur, nedadgående bue, der gik helt ned til hagen. Hendes ansigtsudtryk var en evigt sur smiley, konstaterede han med et suk. Carl vidste jo godt, hvad humør hun var i, men folk, de mødte, fejltolkede hende som en misfornøjet gammel dame. Det sure smiley-ansigt var helt klart imod hende i mødet med andre mennesker. Carl selv blev derimod ofte opfattet som charmerende og lattermild. Han havde let ved at snakke med folk og holdt meget af at møde nye mennesker. Han hilste altid til højre og til venstre, hvor end de kom frem. Det gav god energi at udveksle små, nogle gange sjove bemærkninger med folk, de mødte. Det sugede bare energien ud af ham igen, når han bagefter skulle høre på Ernas brok over, at hun blev komplet overset af den og den. Hun var ked af, at folk slet ikke så hende. Hun følte det, som om hun var usynlig. Nogle gange var folk ikke engang kommet uden for hørevidde, før hun begyndte med at brokke sig. På den måde blev deres første indtryk af hende bekræftet. Fænomenet var selvforstærkende, afgjorde Carl og prøvede at regne ud, hvornår dette startede. Erna havde haft et lyst sind. Det havde hun da stadigvæk, mindede Carl sig selv om. Hun havde bevaret det lyse sind og den hjertelige latter, som hun ikke var nærig med at lade klinge. Det var det, han faldt for, dengang de to mødtes for allerførste gang. Det var til et bal på Restaurant Udsigten. Det var en dejlig tid, hvor de var nyforelskede og verden lå åben for deres fødder. Alle muligheder var åbne, for de var hårdtarbejdende og privilegerede unge mennesker. Begge hold forældre havde støttet dem og glædet sig på deres vegne. Verden var deres tumleplads dengang, men de havde nu ikke været særlig vilde eller vovelige, erkendte Carl. De havde faktisk været temmelig traditionelle. De blev forlovet, gift, købte hus og fik to sønner, lige efter bogen. Der havde været hårde år, og de havde skændtes en del og fået slebet kanter af. Det var især børneopdragelse, de havde været uenige om. Jens var deres ældste søn, og Tom den yngste. Hun havde forkælet dem og pakket dem ind i vat. Carl brød sig ikke om, at hans sønner skulle vokse op og blive to vatnisser. De skulle være mænd, rigtige mænd. Carl tog dem med ud og delte sine interesser med dem for at lære dem at kunne begå sig i mandeverdenen. Hvis de ikke kunne det, så kom de ingen vegne i livet og risikerede at strande i dårligt betalte stillinger. Carl rykkede på næsen i forargelse over, hvordan Erna, den pylremor, havde modarbejdet ham. Jens havde han aldrig været bekymret for, for han viste sig i en tidlig alder som en rask dreng. Han valgte selv at gå til fodbold, og senere tog han jagttegn i ungdomsskolen og fik skaffet sig plads på en god jagt. Jo, Jens var sportslig og fremadstræbende. Et rigtigt mandfolk allerede som lille dreng. Når han slog sig, bed han tænderne sammen og tog smerten som en mand. Ikke som sin lillebror Tom. Han var mors kæledægge. Han tudede som en baby, bare han fik den mindste skramme. Carl plejede at ignorere hans flæberi, og det lagde en dæmper på drengen, men når han kom hjem til mor, så startede tuderiet igen. Erna reagerede på det ved at pylre om ham og give ham plaster på. Hun gav ham trøstekakao, og så sad drengen der og nød at blive puslet om. Carl havde ikke tal på, hvor mange gange hun tvang ham til at køre på skadestuen eller til lægen med Tom, som ikke fejlede en disse, andet end at han var en pivskid, der hang i sin mors skørter. Carl havde tit set på Tom med væmmelse og bedt til, at han ikke ville vokse op og blive bøsse, så tøset som han opførte sig. Da Tom kom i puberteten, lod han håret vokse langt ned ad ryggen, og ofte gik han rundt med et spraglet klæde om livet uden på bukserne. Det lignede grangiveligt en nederdel. Carl syntes, det var bøsset, og hånede ham. Carl forsøgte med alle midler at få ham til at blive klippet som en mand og holde op med at klæde sig som en tøs. Erna holdt med sin yngste søn. Han havde lov til at prøve forskellige identiteter af, hævdede hun. Det var, hvad puberteten var til for. For at legalisere sin yngste søns hang til at gå i dametøj fandt hun bøger med alle mulige billeder på biblioteket, som hun viste Carl, hvor mænd igennem tiden havde gået med noget tilsvarende. Skotter, romere, ja, krigere fra hele verden, viste det sig. Det skortede ikke på eksempler, hvor rigtige mænd gik i nederdel, viste Erna ham og forbød ham at håne sin søn. Carl var ligeglad med skotteskørter og så videre, han ville ikke se sin søn valse offentligt rundt som en bøsse i nederdel. Der var en periode på et par år, hvor de næsten ikke talte sammen, fordi de hele tiden kom til at diskutere Toms bøssetendenser. Carl havde svært ved at se på sin yngste søn uden at føle afsky. Tom svansede virkelig, når han gik, forekom det Carl, og han strøg hele tiden sit lange hår tilbage, nøjagtigt som piger gør. Carl var frastødt af sønnens lyse stemme og løse håndled. Man kunne ikke tage ham med nogen steder, for bøsser var ikke ligefrem vellidte i de kredse, hvor Carl slappede af med sine venner og bekendte. Det gav også sig selv, for Tom var slet ikke interesseret i fodbold, raske vandreture i skoven, jagt eller fiskeri. Tom havde sin eventyrklub og kunne fortælle i evigheder om personer, intriger og kampe, der kun udspillede sig i klubbens fantasiverden. Erna lyttede ivrigt til sønnens snak og hjalp til med ideer og fandt bøger på biblioteket, de kunne bruge. Ja, tænkte Carl, når man ikke slog til i den virkelige verden, hvor mænd var mænd, så kunne man slå pjalterne sammen med andre vatnisser, der heller ikke forstod at mande sig op. Sammen skabte de deres eget paralleluniurs, hvor de kunne lege, at de var helte. Sådan havde de hver en opdigtet karakter i en eventyrverden, hvor en kriger altid kunne få en chance til, hvis det gik galt.

Årene gik, der faldt ro på, og pludselig var både Jens og Tom vokset op. Jens havde knyttet sig mest til sin far, og

Tom til sin mor. Det var vel i orden, efterrationaliserede Carl for millionte gang. Han ville bare have ønsket, at Erna ikke havde pylret så meget om Tom, så han havde udviklet sig til en regulær tøsedreng. Det var et under, at han ikke var blevet bøsse, men viste sig at være til kvinder. Gudskelov, tænkte Carl, for ellers havde de aldrig fået Jeanne, deres første barnebarn. Tom fik Jeanne med sin første kone. Begge forældre arbejdede meget, derfor passede Carl og Erna barnebarnet flere gange om ugen. Hun var deres øjesten, og de elskede, at de var i første række under hele hendes opvækst. De blev hendes trygge base under forældrenes skilsmisse, som omstyrtede Jeannes verden, da hun var ti år. I den periode boede Jeanne hos Carl og Erna meget af tiden. Deres tætte forhold var intakt den dag i dag. Jeanne blev boende i Køge, da hun flyttede hjemmefra, og hun besøgte stadig sine bedsteforældre mindst en gang om ugen. Så spiste de tre sammen og hyggesnakkede om løst og fast. Jeanne blev treogtredive år, i ugen der kom. Carl havde altid tænkt på hende som et rigtigt forårsbarn. Hun havde altid været sådan en spirrevip, der spredte lys og håb ved sin blotte tilstedeværelse. Carl kunne ikke lade være med at smile, når han tænkte på Jeanne med det blonde hår og det lyse sind. Hun var som en solstråle i deres liv. De var netop på vej ud for at købe fødselsdagsgave til hende, deres første barnebarn.

"Hvorfor smiler du?" spurgte Erna og brød ind i hans tankerække. "Jeg tænkte på Jeanne, og på hvordan tiden ræser afsted – tænk, at hun allerede bliver treogtredive år!" svarede han, og Erna nikkede samtykkende, hvorpå hun begyndte at tale om gaven, de var på vej ind til byen for at købe. Erna mente, at de måske også skulle se på noget creme i Matas. Det kom an på, hvad håndklæderne kostede, fortsatte Erna og begyndte den lange udredning af håndklædernes farve, tykkelse, størrelse og vaskeinstruktioner, som Carl havde hørt sytten gange før. Som altid gled hans tanker væk under Ernas talestrøm. Apropos håndklæder gled hans tanker tilbage til håndklædeepisoden fra hans barndom.

Carl og hans lillebror, Christian, fik nogle gange lov til at cykle deres far i møde om eftermiddagen, når han var på vej hjem fra arbejdet. Faren arbejdede på skiftehold, så det skete kun cirka hver tredje uge – og kun når det var badevejr, selvfølgelig. Det var lykken, når moren sendte dem afsted. Christian og Carl fik et stort håndklæde og farens badebukser med, og moren lagde tillige et par æbler og en flaske vand i nettet. Hvis hun havde bagt, kunne de være så heldige at få et par skiver nybagt brød og en flaske saft med. Uanset hvad hun kom i nettet, så var det en fest, og deres forventninger blev aldrig skuffede. De spurtede afsted på deres cykler ud ad Københavnsvej i shorts og kortærmede skjorter. De havde begge taget badebukserne på indenunder shortsene, inden de kørte hjemmefra. Deres far lyste altid op i et stort smil, når han fik øje på dem fra den anden side af vejen. Han standsede op og stod ved siden af sin cykel og betragtede sine sønner, imens de stod af cyklerne og kiggede sig grundigt til højre og venstre, som de havde lært, før de krydsede landevejen. Vel ovre på den anden side så de forventningsfuldt på deres far. Han havde vindblæst hår og trætte øjne, men han kiggede på de to dydige trafikanter med en stolt mine og udbrød altid glad: "Der kommer mine to store drenge! Nå, skal vi køre ned og få os en dukkert?" "Jah!" hujede drengene, og så svingede de alle tre sig op på deres cykler og kørte afsted mod stranden. Det var tider, mindes Carl, de tre i vandet sammen, selvom det ofte var en kold fornøjelse. Når faren sagde, at det var tid til at gå op, begyndte det lille ritual med hånd-klædet. De skulle deles om håndklædet. Det betød, at de først skulle løbe sig tørre. Faren løb forrest og afpassede sin hastighed, så drengene kunne følge med. De løb på række og geled, først far, så den ældste søn, Carl, og til sidst lille-bror, Christian. De løb langs vandkanten mod nord, indtil de nåede deres kendingsmærke, et sted, hvor siv og hyben-buske voksede næsten ned til vandkanten. Derpå løb de tilbage til udgangspunktet, hvor mors net og deres tøj lå. Tre gange løb de ruten uden at bryde rækkefølgen. På til-bageturen den tredje gang gik der kapløb i den, og så gjaldt det om at komme først hen til tøjet. Faren holdt sig tilbage, så det var et kapløb imellem de to brødre, som Carl næsten altid vandt. Da de forpustede stod ved bunken af tøj og morens net, beordrede faren dem til at ryste vand ud af håret og skrabe den sidste rest vand af kroppen med hæn-derne, for at håndklædet ikke skulle blive gennemblødt for hurtigt. Derpå skulle de tørre sig i håndklædet på skift. Først Christian, så Carl og til sidst far. Da de alle havde fået tøjet på igen, satte de sig i sandet og delte de godter, som moren havde givet dem med. De talte om vandets tempe-ratur, bølgernes højde, og om de havde set skibe passere ude i horisonten. De lo af de dybvandsbomber, de havde lavet ved at springe fra farens skuldre og ned i vandet med benene bøjet op under sig. Det gjaldt om at få det til at sprøjte mest muligt. Christian var god til det, for han var vild og frygtløs ude i vandet. Han havde endda lært sig selv at svømme, på den tid hvor Carl, der ellers var den store, endnu baskede uelegant rundt med hundesvømning. Chri-stian var en rigtig vandhund og elskede, at han kunne overgå sin storebror, når de var i vandet. Jo, det var de lyk-keligste stunder, derude på stranden, dengang de kun var de tre og ét håndklæde. Carl beundrede sin far og betragtede ham i smug, imens de sad i sandet og delte vandflasken og æblerne imellem sig. Faren skar æblerne ud med sin lommekniv og gav dem en skive hver at proppe i munden på skift. Fars hår så stadigvæk vindblæst ud, selv når det var vådt, men Carl lagde mærke til, at trætheden fuldstændigt var forsvundet fra hans øjne. Faktisk strålede hans øjne, som om lykken selv havde taget bolig i dem. Synet af glæden, som lyste ud af farens øjne, gjorde Carl lykkelig og tryg. Vandet var koldt, men hjerterne varme, mindedes Carl, mens hans tanker uvilkårligt vandrede videre og dvælede ved årsagen til, at epoken med de gode eftermiddage på stranden sluttede. Begyndelsen til enden kom, det år da moren proklamerede, at deres lillesøster, Lise, var gammel nok til at køre med dem på stranden. Carl og Christian havde selvfølgelig ikke noget imod, at Lise kom med, heller ikke selvom de skulle passe på hende. De blev formanet om det ene og det andet, som de skulle passe på, nu hvor Lise skulle med. De var aldrig blevet formanet så meget før om noget som helst. Carl, der altid forventedes at tage sig af sin lillebror, huskede ikke at være blevet taget så meget i ed, før de rendte ud på eventyr. Ansvaret for Lise var åbenbart noget tungt og alvorligt. Brødrene hørte dog efter og gjorde deres bedste for at passe på Lise undervejs. De tog det som en del af ansvaret, at de skulle køre kedeligt langsomt, for at hun kunne følge med dem. Da de krydsede gaden og kom over til faren, udtrykte han ikke sin stolthed over sine drenge, som han plejede at gøre, men spurgte, om de havde kørt forsigtigt. Det tog lidt af glæden, syntes Carl. De kunne dog stadigvæk bade sammen og have det sjovt, selvom Lise hang på faren ude i vandet som en lille abeunge med gåsehud og blå læber. De måtte ikke mere lave dybvandsbomber fra farens skuldre, for det gjorde Lise bange. Carl kunne se, at det ærgrede vildbassen Christian, og derfor fik Carl ham lidt væk fra faren og søsteren, så broren kunne få lidt afløb for al sin vilde vandenergi. De kunne endda lave nogle mindre dybvandsbomber, ved at Christian hoppede fra Carls skuldre. Carl var stolt af, at han kunne være udspringsklippe ligesom faren, men da han ikke rigtig var begyndt at skyde i vejret endnu, kunne Christian ikke få så stort et plask ud af sine spring, fordi det blev udført på lavere vand, end hvis han havde hoppet fra farens skuldre. Carl og Christian havde det da sjovt nok, men Carl kunne mærke, at det ikke var det samme, når faren ikke var med i legen. Det blev værre, da de ikke kunne lave deres ritual med at løbe sig tørre, fordi Lise ikke ville løbe. Hun påstod, at hun havde ondt i knæet. Faren turde ikke lade hende blive alene ved tøjet, imens de løb, så han sendte sine to drenge afsted i løb. Christian og Carl løb lydigt afsted, men de skumlede begge to. Da de havde løbet turen én gang alene, var vreden på kogepunktet i dem begge. De stoppede op foran far og datter, der sad i sandet. Det var som ved en usagt overenskomst imellem brødrene, at de ikke ville løbe mere. Faren så op på dem og skulle til at sende dem afsted igen, men han måtte have set deres fælles oprør ulme, så han bad dem i stedet om at ryste vand ud af håret og skrabe vand af kroppen med hænderne. Imens Carl og Christian skrabede vand, tog faren nettet og rodede i det efter håndklædet. Han trak et stort, plysset, lysegrønt håndklæde op og vinkede Lise hen til sig. Han sagde ikke til hende, at hun skulle skrabe vand af først. Han hyldede hende ind i det grønne plys og bad hende om at tørre sig grundigt. Carls og Christians hænder stoppede med at skrabe vand, og de stod med åben mund og polypper og gloede på det store håndklæde, der lå som en plyskåbe om Lise. Skulle de tørres i dette, efter Lise havde tørret sig? huskede Carl, at spørgsmålet rungede inde i hovedet på ham. Det var fair nok, blev han enig med sig selv om, for det havde altid været den yngste, der tørrede sig først. Dog var det påfaldende uretfærdigt, at de havde fået et nyt, stort håndklæde, bare fordi Lise var med. Eftersom brødrene stod og stirrede måbende på deres lillesøster, opfattede de ikke, at faren havde fundet deres lille, gamle håndklæde frem, før han pressede det ind i favnen på Christian. "Du tørrer dig først, som vi plejer, men skynd jer, for vi kan ikke have, at Lise kommer til at fryse!" sagde faren. Brødrene stirrede begge mundlamme på det gamle håndklæde, som Christian havde fået stukket i favnen. Da de flyttede blikket fra håndklædet og kom til at se hinanden i øjnene, så de begge deres egen vrede og misundelse genspejlet i broderens øjne. De to havde aldrig spekuleret over, at der var noget galt i at dele et håndklæde tre mand. De havde bare nydt turene på stranden med deres far, men nu blev det hele revurderet i lyset af den omsorg, som Lise var genstand for: Brødrene skulle passe på deres lillesøster og vente på hende, når de cyklede; far var nu mere bekymret for lille Lise i trafikken end stolt af sine store drenge; de måtte ikke længere lave dybvandsbomber fra farens skuldre; ritualet med at løbe sig tør var brudt. Alle disse forandringer blev ligesom dråberne på Lises hud suget ind i det store plyssede, lysegrønne håndklæde. Dette håndklæde blev symbolet på, hvordan Lise blev særbehandlet, bare fordi hun var den lille, og fordi hun var en pige. Det var i hvert fald mors forklaring til Christian, da han senere samme dag krænket spurgte hende, hvorfor Lise fik et stort håndklæde for sig selv, når de andre skulle dele et lille et. Moren svarede, at Lise ikke kunne dele håndklæde med dem, da hun var en pige. "Det kunne se kønt ud!" sagde hun og fortsatte nærmest for sig selv: "Ingen skal sige, at min datter deler håndklæde med mandfolkene!" Carl besluttede sig for, at det med håndklædet blot var én af livets uretfærdigheder, som man måtte lære at leve med, men Christian kunne ikke lade det fare. Han benyttede enhver lejlighed til at anklage moren for at være uretfærdig, indtil moren en dag greb ham hårdt i armen og hvæsede: "Nu stopper du med det plageri om håndklæder. Er du en tudeprinsesse? Den dag du begynder at vaske tøj, så må du bestemme, hvem der skal have hvilke håndklæder. Har du forstået? – Vil du være den, der vasker tøj?" Hun gav slip og skubbede ham arrigt fra sig. Christian tog sig til armen, så ned og rystede på hovedet. Så vendte han sig brat om og løb ned bagerst i haven, hvor brødrene altid gik hen, når de ville være i fred for lillesøsteren. For hun turde ikke at mase sig igennem brombærrene, som man var nødt til at gøre for at komme ind til Hulen. Det var dét, brødrene kaldte deres fristed: Hulen. Christian blev i Hulen resten af dagen. Carl lod ham være i fred, for han var sikker på, at han helst ville rase ud alene. Ja, Carl var sikker på, at han græd, for Carl selv var chokeret over morens vrede. Carl havde altid syntes, at moren var ligevægtigheden selv. Hun var den klogeste mor i hele verden at snakke med. Han havde aldrig set hende vred før. Hun kunne bebrejde dem noget, men hun virkede altid velovervejet og besindig. Hun plejede at forklare dem tingene, så det lød fornuftigt, men nu havde hun faktisk både grebet til korporlighed og nedgjort Christian. Det var kommet som et lyn fra en klar himmel. Ingen af brødrene forstod, hvad det med håndklædet gik ud på. Der var ingen fornuft i det: Hvorfor skulle far og sønner dele et lille håndklæde, når lillesøsteren fik et stort ét for sig selv?

Håndklædet blev begyndelsen på enden. Efter at mor havde kaldt Christian en tudeprinsesse, gjorde han ikke flere indsigelser over, at der blev gjort forskel, heller ikke til deres far. Han accepterede på overfladen, at der var forskel på børn med hensyn til håndklæder. I hvert fald sagde han ikke mere til forældrene, men overfor Lise var det en anden sag. Han begyndte i stedet ubarmhjertigt at drille hende, så snart en lejlighed bød sig. Han passede dog altid på, at far og mor ikke så det. Drillerierne endte altid med, at Lise tudede og sladrede om, at Christian gjorde dit eller Christian gjorde dat, hvilket han benægtede, imens han satte den mest uskyldige mine op. På stranden kunne Christian tage Lises håndklæde op af nettet bag fars ryg og gnubbe det op og ned ad sin bagdel uden på badebukserne, som om han tørrede ende i håndklædet. Lise så det og blev vred, hvorpå hun styrtede hen for at rive håndklædet fra sin bror. Inden hun nåede hen til ham, kastede han håndklædet ned i nettet og fik på den måde hænderne fri til at give Lise et voldsomt puf i siden, så hun nærmest fløj i en bue uden om ham og landede på hovedet i sandet. Så sad hun og tudede med sand over det hele, også i hovedet, hvor det klæbede til tårer og snot. Så måtte far sidde og trøste hende, imens han forsigtigt børstede sandet af hende. "Hvad skete der, Lise?" spurgte han, men hun kunne kun hikste "Christian" og pege på ham. Far drejede hovedet og kiggede på Christian, der stod med den uretfærdigt anklagedes udtryk i ansigtet og bedyrede, at han kun havde afværget et pludseligt angreb på sig. Han havde ikke gjort Lise noget. Han havde kun forsvaret sig og skubbet hende væk, da hun kom farende imod ham. Far vendte så sit trætte blik mod Carl og forhørte sig om, hvad der var foregået. Allerede fra den første dag med disse drillerier svarede Carl instinktivt, at han ikke så noget. "Jeg så ikke, hvad der skete!" blev hans motto, når Christian drillede Lise og hun endte med at tude og sladre, hvorpå forældrene prøvede at finde ud af, hvad der var sket. Godt det samme, for på den måde kunne han holde sig udenfor. Carl syntes ikke, at Christian kunne være bekendt at drille Lise så meget, men han kunne godt forstå, at han gjorde det, og Carl ønskede ikke at blive uvenner med Christian ved at vidne mod ham. Han begyndte dog at lægge mærke til, at Christian formedes som den, der ikke kunne tåle den mindste modgang uden at skabe sig og gøre sig uvenner med nogen. Det var ikke noget kønt træk ved en mand, syntes Carl. Man skulle bære sine byrder og livets små slag uden at kny. Det var noget, han selv havde bestræbt sig på siden dengang på stranden. Christian lærte det aldrig, han fór stadigvæk i flint og fandt på småondskabsfulde måder at afreagere på. Tåbeligt, mente Carl, og han ærgrede sig ofte over, at deres strandture med faren var endt sådan. Det gjorde ondt på Carl, fordi han observerede, at glæden aldrig vendte tilbage til farens øjne, på de efterfølgende strandture. Farens øjne havde, om muligt, fået et mere træt og trist slør end før. De kom kun afsted få gange den sommer, og året efter blev de ikke sendt afsted for at møde deres far efter arbejdet. En epoke var slut, men det var nu en god tid, de år hvor brødrene tog ud at bade med deres far. Mindeværdige stunder, når de lavede dybvandsbomber og skulle løbe sig tørre, før de deltes om det ene håndklæde, som mor havde givet dem med. Det skøre ved hele håndklædeepisoden var, at deres mor senere aldrig indrømmede, at hun kun havde givet dem ét håndklæde med til tre mand. Når de som voksne var hjemme og kom til at tale om deres barndom, og alle de små, sjove familiehistorier kom op, så ville håndklædeepisoden før eller siden blive nævnt. Når Christian og Carl grinte af, at moren åbenbart sparede så meget på vasken, at de skulle dele ét håndklæde tre mand, benægtede moren det på det bestemteste. Hun påstod, at de gjorde historierne værre, for hver gang de fortalte dem. Hun kunne ikke indse, at hun kun skulle give dem ét håndklæde med til tre personer. Det kunne hun aldrig drømme om. Det var noget pjat, et spind af typiske drengefantasier, hævdede hun. Moren blev fornærmet, hvis de fortsat insisterede på, at de kun fik ét håndklæde med. Hun snerpede munden sammen og sagde, at hele håndklædehistorien var noget, de fandt på for at drille hende – og dermed basta. Carl og hans bror fandt aldrig ud af, hvad håndklædeepisoden gik ud på. De fik aldrig en forklaring. Det var en af den slags ting, der skete i livet, som man måtte finde fred med og lære at leve med, konkluderede Carl endnu en gang.

Han vendte sit fokus tilbage på sin kones tale om gaven, de skulle købe til Jeanne. Carl lod, som om at han havde hørt efter. Han nikkede og mumlede noget om, at han var enig. Erna snappede luft ind og kiggede bebrejdende på ham: "Du hører jo overhovedet ikke efter!" sagde hun anklagende, men fortsatte ufortrødent: "Jeg talte om, hvor dejligt det var, at Jeanne fik job i Køge efter praktiktiden og blev boende her, så vi kan se hende hver uge." – "Ja, det er jeg også glad for," svarede Carl varmt. Erna trak tråden op til nutiden ved at udtrykke sit ønske om, at Jeanne fandt sig en mand, blev gift og fik et par børn. Carl var igen enig, for deres barnebarn blev treogtredive, og hun havde ikke ligefrem tiden for sig, hvad angik det at stifte familie. "Men vi skal blande os udenom. Det nytter ikke, at du tager det op og plager hende med det hver uge, når hun kommer og spiser sammen med os. Det ender med, at hun holder op med at besøge os!" Carl løftede en formanende pegefinger og så sigende på sin kone. Erna svarede det sædvanlige, at det var Jeanne selv, der bragte emnet op. At Jeanne betroede sig til dem, og Erna sagde bare sin mening om det. Pludselig stoppede Erna sig selv og pegede ud af vinduet: "Åhh, se der! Der går to nyforelskede turtelduer!" Carl vendte hovedet og så efter de to unge, som Erna havde udpeget. De gik arm i arm på fortovet. "Kan du huske, da vi var unge og nyforelskede?" spurgte hun, og Carl nikkede smilende og drejede hovedet mod Erna igen for at trykke et smækkys på hendes mund, men hun rykkede hastigt hovedet bort: "Du lugter af tobaksånde!" sagde hun og rynkede på næsen. Han sukkede og rakte armen hen forbi hende for at trykke på stopknappen, fordi de skulle af næste gang. I det samme gav bussen et ordentligt bump. Carl hoppede i sædet og greb per refleks efter Erna. Da hans arm i forvejen befandt sig ud for Erna, fordi den var på vej til stopknappen, forhindrede han hendes hoved i at blive banket ind i sædet foran. Hun greb med begge hænder rundt om hans arm, som en druknende klynger sig til sin redningskrans. Hans arm havde virket som en airbag og beskyttet hendes krop. I sekunderne efter holdt Carls arm stadigvæk Erna fast i sædet. "Åh, Carl!" gispede hun. "Ja, det var tæt på!" medgav han og trykkede på stopknappen. Han trak armen til sig, og de rejste sig, Erna stadigvæk fortumlet og Carl med en maskulin stolthed, der fik ham til at virke yngre, højere og bredere. Da han var trådt ned af trinene efter Erna, tog han hendes hånd. Bussen kørte videre, og de krydsede gaden og spadserede hånd i hånd over til Torvebyen.

Han havde lyst til en cigaret, men det måtte vente. Han ville blive udenfor én af de forretninger, som Erna insisterede på, at de skulle gå ind i. Så kunne han ryge en smøg, imens han studerede livet i Køge by en fredag formiddag. Ah, der var forår i luften, mærkede Carl og gav Ernas hånd et lille klem. Hun drejede hovedet og kiggede skråt op i hans ansigt og smilede. "DU er min helt, Carl!" begyndte hun: "Hvis du ikke havde været så snarrådig, så ville jeg nu være på vej til skadestuen med et hul i hovedet. Det er jeg sikker på!" Carl blinkede skælmsk til hende: "Ja, det ville have været trist at spilde en så dejlig forårsdag på skadestuen," nedtonede han hendes skrækscenario og afledte hendes opmærksomhed fra bumpet på vejen ved at spørge hende om, hvor de skulle hen først. Han ville huske på at tage hendes hånd ved enhver lejlighed fremover, lovede han sig selv, for han vidste, at hun elskede det. Det fik hende til at føle sig som ung og nyforelsket igen, havde hun engang betroet ham. Han selv var ikke så vild med at gå hånd i hånd, for så havde han ikke hånden fri til at tænde en smøg. Hvis han skulle ryge, måtte han holde hensynsfuld afstand til Erna, der ellers ville bruge al sin energi på at gå og vifte røgen væk. Nej, det var bedre at holde hende i hånden, så hun følte sig som nyforelsket, for det understregede, at de havde det godt. De havde det egentlig godt de to. De havde haft mange gode år sammen, og det skulle fortsætte resten af deres liv. Ah, det måtte være foråret, der pumpede glæde ud i hele hans krop, for Carl gik vitterlig her med sine otteoghalvfjerds år og følte sig ung og nyforelsket. Han rankede ryggen og skød brystet frem, for han var jo en helt. Da de gik over åen, trommede Ernas hæle taktfast mod broens træplanker. Det lød fuldstændigt, som om de trommede: min-helt, min-helt, min-helt-i-svøb! Efter broen fortsatte de hånd i hånd mod torvet. Gud, hvor han trængte til en smøg, higede det i ham igen. De spadserede side om side, hun ivrigt snakkende og han halvt lyttende.

Hustruen Erna

Erna kunne godt lide at tage bussen. I bussen kunne hun slappe af og lade tankerne vandre. Carl var ikke den, der lod munden løbe. Han sad tavs på sædet ved hendes side. Han så stadigvæk godt ud, syntes Erna, han lignede ikke en på otteoghalvfjerds år. På trods af at han nærmede sig de firs, var han i god form. Også selvom han røg som en skorsten. Erna brød sig ærligt talt ikke om hans tobaksos. Alt stank af røg i deres hjem. Hun kunne vaske sengetøj og gardiner hver eneste dag, men det ville være ét fedt. Hun havde opgivet at få ham til at holde op med at ryge for mange år siden. Han var og blev en tobaksslave, og det måtte hun leve med. Det værste var bare, at hun var bekymret for, at rygningen ville slå ham ihjel. Han hostede fælt hver morgen, nogle gange også midt om natten, men om dagen virkede han upåvirket og i god kondition, og hun hørte ham aldrig hive efter vejret. Nå, tænkte Erna, der var nok at bekymre sig om, hvis ikke han døde af tobakken, så endte han nok med at dø i en trafikulykke. Det var snart et år siden, at Erna første gang lagde mærke til, at Carl ikke var så god en chauffør mere. Han orienterede sig stort set aldrig bagud, og han overså ofte de biler, der kom drønende i overhalingsbanen på motorvejen, når han skulle trække ud for at overhale en lastbil. Efterhånden bakkede han bare ud fra parkeringsbåsene uden at se sig for, og så havde de biler, der kørte og ledte efter en tom bås, værsgo at holde tilbage. Her forleden dag var han nær bakket ud i en anden bil på parkeringspladsen bag Brugsen. Erna mærkede, at hun blev nervøs, hver gang han satte sig bag rattet for at køre bil. Når hun var passager, sad hun og blev anspændt.

Hun skulle bide sig i tungen for ikke at komme til at korrigere hans kørsel. Derfor prøvede hun for det meste at lokke ham til at tage bussen. Der var nu også noget hyggeligt ved at tage bussen, og Carl studerede menneskene omkring sig, når han ikke skulle koncentrere sig om at køre. Han plejede at hilse på Gud og hvermand, de passerede. Det holdt han meget af at gøre. Det var nærmest en hobby for ham, og han fik ofte en god historie med hjem, som han kunne underholde med. Erna nød virkelig, at de havde taget bussen i dag. Hun slappede af og gav tankerne frit løb.

Ernas tanker kredsede ofte om deres yngste søn, Tom, som de næsten aldrig så. Det var noget, der gjorde ondt. Tom havde været hendes øjesten, og hun følte, at de to havde haft et specielt tæt forhold, helt frem til han blev skilt fra sin første kone, Pia. Erna elskede selvfølgelig også sin ældste søn, Jens, men han havde næsten altid været selvkørende. Han voksede op og fik de samme interesser som sin far og knyttede sig nok mest til Carl. Far og søn hyggede sig ofte med at tale om og dyrke deres mandefællesskab omkring fodbold og jagt. Det var noget andet med Tom. Tom var en følsom dreng med en livlig fantasi. Tom ville prøve ting selv, ham kunne man ikke bare skrue ned i en rolle eller tvinge til at følge den slagne vej i livet. Han var anderledes, og det var altid interessant at høre hans specielle syn på tingene. Det var en brydningstid, da Tom og Jens voksede op. Deres far, som helt klart var en gammeldags mandetype, kunne ikke rumme, at der udviklede sig andre typer af både kvinder og mænd. Han fangede ikke, at de unge ikke længere var bundet til de kønsstereotyper, der herskede, da Carl og Erna voksede op. Der var ligeledes opbrud med hensyn til familiemønstre, og nye omgangsformer spirede frem. Erna mindedes, at Tom havde taget tidsånden til sig og eksperimenteret med sin manderolle. Han lod håret vokse langt og gik med en kilt uden på sine cowboybukser. Erna syntes, at det var stærkt gjort, og opmuntrede ham, men Carl kunne ikke holde det ud. Han led, som de fleste andre mænd i hans generation, af bøsseforskrækkelse. Erna havde aldrig været i tvivl om, at hendes Tom var en rigtig dreng, der ville vokse op og blive en rigtig mand. Hvis det usandsynlige skulle ske, at han var homoseksuel, så var der jo ikke noget, hans forældre kunne gøre for at forhindre det i at komme til udtryk. Erna ville knuselske ham lige højt, om han var til den ene eller den anden side, det vidste hun. Det betød ikke noget for hende. Dét, der betød noget, og som hun var stolt af, var, at de havde en søn, der turde stå ved sig selv, der turde at være anderledes. Han havde modet til at eksperimentere og udleve eventyret. Tom havde sammen med fire venner en eventyrklub, der mødtes en gang om måneden. Til hvert møde skulle de læse en bog eller et eventyr, som de havde valgt sammen. De brugte møderne til at diskutere personerne i fortællingen. Helte og skurke og bipersoner blev sat under lup. Eventyrerne i klubben gik videre end det, de levede sig ind i personerne og beskrev for hinanden, hvad de ville have gjort, hvis de var den ene eller anden karakter i den givne situation. Klubben læste værker som *Ivanhoe*, *Robin Hood* og *De Tre Musketerer*, men deres bibel var helt klart *Ringenes Herre*. Tom kunne hele afsnit af Tolkiens bøger udenad og citerede dem flittigt som kommentarer til, hvad der skete for ham i hverdagen. Eventyrklubben havde endda talt om at tage sig et mellemnavn fra Ringenes Herre som en hyldest til værket og for at manifestere, at de indlevede sig i eventyrklubben med liv og sjæl. De var blevet enige om at antage mellemnavnet Rohan og var i gang med at undersøge, hvordan man fik navneforandring rent praktisk, da de opdagede, at der allerede var en gruppe, der havde antaget et navn fra Tolkiens univers. Der var nogle, der havde taget navnet Kløvedal. Efter den opdagelse opgav de ideen, da de ikke ville være efterabere. Alt imens Erna syntes, at eventyrklubben var spændende og god for Tom, hånede Carl derimod sin yngste søn. Carls stivsind havde nær sprængt familien, for alle led under misforholdet imellem far og søn. Ægteskabet holdt kun sammen med nød og næppe. Sådan huskede Erna det. Til gængæld kunne hun ikke huske, hvordan eller hvorfor Tom havde forandret sig. Hvornår mon han havde forladt det eventyrlige og var blevet en ung mand ligesom alle andre? Det var kommet som en tyv om natten, og da Tom startede på universitetet, lignede han en helt almindelig ung mand. En flot fyr vel at mærke, for han lignede sin far som ung. Tom fandt hurtigt sin Pia, og de blev gift, og de fik Jeanne, Carl og Ernas første barnebarn. Åh, hvor de forgudede den pige. Forældrene havde en travl hverdag med hver deres karriere at passe, og Jeanne var hos sin farmor og farfar flere gange om ugen. Erna og Carl elskede at have den lille solstråle hos sig. Det føltes, som om at de fik en chance for at blive en bedre udgave af sig selv, end de havde været som forældre til Jens og Tom. De gjorde deres bedste for at være nærværende, og Carl gjorde alt for barnebarnet. Det var sjovt at se, hvordan pigen kunne sno sin farfar om sin lillefinger, syntes Erna. Især fordi han ellers altid havde været denne her tavse mandetype. Med Jeanne pluddersnakkede han, da hun var spæd, og begyndte at fortælle hjemmestrikkede eventyr, da hun blev lidt større. De to kunne sidde sammen i timevis i Carls yndlingslænestol og digte på lange, eventyrlige rejser i ukendte lande. Erna havde ikke sagt noget, men hun syntes grangiveligt, at Carls eventyrdigtning, hvor han selv og Jeanne var helte, mindede meget om de eventyr, som han dengang foragtede sin yngste søn for at have interesse i. Erna lo for sig selv: Æblet faldt ikke langt fra stammen. Carl og Tom lignede hinanden både af udseende og af sind. Hun kunne dog aldrig drømme om at nævne den sammenligning for Carl, for i hans selvforståelse var det den ældste søn, Jens, der lignede ham mest. Hvorfor skulle Erna begynde at rykke ved det? De havde det godt, og man skulle lade fortid være fortid. Carl og Tom blev jo gode venner igen efter de hæslige år, og så var den ikke længere. Det var heller ikke den hæslige periode, som var årsag til, at de næsten aldrig så Tom. Det var der en anden grund til, men uanset årsagen følte Erna et stik i hjertet, hver gang hun tænkte på det.

Efter at Tom var blevet gift med Pia og de havde fået Jeanne, fandt Jens sit livs kærlighed i Dorte. De giftede sig og købte hus i Espergærde. Det var en længere køretur fra Køge, og de to havde, ligesom alle andre unge, et travlt liv, og derfor så de dem ikke så tit i hverdagene. Jens og Dorte fik to dejlige drenge, og Carl og Erna var lykkelige for, at det gik dem godt. De havde holdt kontakten ved lige og sås med dem et par gange om måneden, i gennemsnit, for i nogle perioder var det selvfølgelig oftere end i andre. De to drenge var som nat og dag, men Erna glædede sig over, at tiden var en anden, og at drenge og piger kunne være sig selv, uden at der var snævre rammer for, hvad en rask dreng eller en pæn pige kunne tillade sig. Jens' to drenge var dog begge bidt af en gal guitar, og musikken fyldte meget i deres liv. Den ældste kom i Tivoli-Garden og lærte at spille fløjte, den yngste kom med i et band på musikskolen, og de holdt ved endnu. De var ret tit ude at spille rundt om i landet. Erna blev lige stolt, hver gang hun kom til at tænke på Jens' drenge. Det var virkeligt stort, da den ældste blev optaget på musikkonservatoriet. Erna og Carl havde flere gange været til de studerendes koncerter inde i København. Jo, begge drenge kunne sandelig spille, og Erna og Carl mindedes ofte drengenes optræden til deres guldbryllup. Det var efterhånden seks år siden, at de to brødre var gået sammen om at lave en musikalsk hyldest til deres farmor og farfar. De spillede begge på guitar og sang. Først spillede de et potpourri af populære kærlighedssange på dansk og engelsk. Erna huskede især *Vi skal gå hånd i hånd*. Der var ikke et øje tørt. Erna selv sad i hvert fald med tårerne trillende ned ad kinderne. Derefter omdelte de et sangark, og så var der fællessang akkompagneret af de to drenge på guitar. De havde digtet en humoristisk tekst om Erna og Carls halvtredsårige ægteskab og deres meritter som farmor og farfar på melodien *Lille sommerfugl*. Erna kunne stadigvæk huske verselinjen: "Alt, hvad livet bød jer, har I taget med – trofaste imod jeres fælles kærlighed!" Den var virkelig god, den sang – og sjov. Det var stort at have så dygtige børnebørn, tænkte Erna og fik et tilfreds udtryk i øjnene. Jo, Jens' drenge havde hun aldrig været bekymret for, de skulle nok klare sig, det vidste Erna bare i sit hjerte. Erna rakte uvilkårligt hånden op og lagde den på sit bryst. I det samme fik hun øje på, at Carl sad og smilede.

"Hvorfor smiler du?" spurgte hun, og han svarede med varme i stemmen: "Jeg tænkte på Jeanne, og på hvordan tiden ræser afsted – tænk, at hun allerede bliver treogtredive år!" Erna nikkede samtykkende og kom i tanke om gaven, de var på vej ind til byen for at købe. Erna mente, at de nok måtte se på noget creme i Matas, for håndklæderne kostede nok ikke det beløb, som de plejede at bruge på gaver. Det kom an på, hvad håndklæderne kostede, forklarede hun Carl og gengav de overvejelser, hun havde gjort sig om håndklæderne. Det var vigtigt for Erna, at det var det helt rigtige, de købte. Det betød noget, at de lagde sig i selen og ikke bare købte noget med hovedet under armen. Modtageren af gaven ville kunne fornemme, hvis gaven var købt uden omtanke i sidste øjeblik. Uden den rette omsorg var ting bare ting, og nu om dage kunne folk selv købe sig de ting, de ønskede. De skulle især gøre sig umage, når det var deres elskede barnebarn Jeanne, som de købte noget til. Det vidste hun, at Carl var enig i, men alligevel var det, som om han ikke rigtigt hørte efter. Det var igen den mandehørm, der slog igennem, resonerede Erna, for "rigtige mænd" interesserer sig ikke for gavekøb. Det var konens domæne. Sikke noget pjat, lynede hun indvendig, men pyt nu med det. Solen skinnede, og de var trods alt på vej ud sammen for at købe gaven. Mere kunne hun ikke forlange. Alligevel kunne hun ikke lade være med at kommentere det: "Du hører jo overhovedet ikke efter!" påpegede hun anklagende og skiftede spor: "Jeg talte om, hvor dejligt det var, at Jeanne fik job i Køge efter praktiktiden og stadigvæk bor her, så vi kan se hende hver uge." – "Ja, det er jeg også glad for," svarede Carl med en stemme så blød som smør. Erna fortsatte: "Hvor ville det være dejligt for hende, hvis hun endelig fandt en mand, så hun kunne stifte familie. Hun har alderen til det!" Carl var igen enig, for deres barnebarn blev treogtredive, og hun havde ikke ligefrem tiden for sig, hvad angik det at få børn. "Men vi skal blande os udenom!" formanede han hende og hævdede for Gud ved hvilken gang, at han syntes, at hun rev Jeanne i næsen med det i tide og utide. Carl var nervøs for, at Jeanne ville blive træt af det og holde op med at komme hos dem. Erna forsvarede sig som regel med, at det var Jeanne selv, der bragte emnet op. At Jeanne betroede sig til dem, og så sagde Erna bare sin mening om det. Pludselig afbrød Erna sig selv og pegede ud af vinduet og udbrød: "Åhh, se der! Der går to nyforelskede turtelduer!" Carl vendte hovedet og så efter de to unge, som Erna havde udpeget. De gik arm i arm på fortovet. "Kan du huske, da vi var unge og nyforelskede?" spurgte hun, og Carl nikkede smilende og drejede hovedet om mod Erna igen for at trykke et smækkys på hendes mund. Erna fik et pust af hans ånde og trak hovedet tilbage, som en skildpadde trækker hovedet ind i skjoldet. "Du lugter fælt af tobaksånde!" røg det ud af munden på hende, og hun følte straks dårlig samvittighed over at afvise hans kys på denne måde. Hun kunne dog ikke gøre for det, for hun hadede stanken af tobaksos, og at den hang i hele deres hus. Hendes samvittighedsnag fik dog brat ende, for i det samme gav bussen et ordentligt bump. Erna blev kastet op i luften og svævede i luften i et langt, rædselsfuldt øjeblik, hvor hun forudså, at hendes hoved ville kollidere med metalkanten på sædet foran. Det skete dog ikke, for ud af den blå luft kom Carls arm og bremsede hende. Armen lagde sig som en redningskrans omkring hende, og luften blev presset ud af hendes lunger, og hun gispede hans navn. Han havde reddet hende fra en grim kollision. Erna nåede ikke at sige mere, for han rakte hånden ud og trykkede på stopknappen. De skulle af, og en-to-tre stod de på gaden, og bussen lukkede dørene bag dem og fortsatte sin rute.

De krydsede gaden, og som de gik der side om side, tog Carl hendes hånd. Det var en rar følelse, og Erna bemærkede, at forårssolen kærtegnede hende på kinden. Hun kunne godt lide, når Carl tog hendes hånd, men der gik sjældent længe, før hendes arm og skulder begyndte at gøre ondt. Det føltes, som om hånden og hele armen blev holdt fast i et jerngreb og led for led begyndte at sende alarmsignaler. Først håndleddet, så albuen, dernæst skulderen. Ja, nogle gange nåede smerten helt op i nakken. Når det skete, kunne

Erna ikke tænke på andet, end at det gjorde ondt, og at hun ønskede at befri sin hånd fra Carls. Hun ville dog ikke sige noget til Carl om det, for hun vidste, at han elskede at holde i hånd. Han havde engang betroet hende, at det fik ham til at føle sig ung og nyforelsket igen. Det ville hun ikke tage fra ham. Slet ikke i dag, hvor de hyggede sig med at tage bussen ind til Køge for at købe fødselsdagsgave til Jeanne sammen. Hun ville gerne have, at han var glad og hurtigst muligt glemte, at hun på det groveste havde afvist hans kys i bussen. For han var jo hendes helt. I det samme mærkede hun, at Carl gav hendes hånd et klem, og hun kiggede op på ham og udbrød smilende: "DU er min helt, Carl!" og fortsatte i en mere alvorlig tone: "Hvis du ikke havde været så snarrådig, så ville jeg nu være på vej til skadestuen med et hul i hovedet – det er jeg sikker på!" Carl blinkede til hende på sin lurendrejermanér. Erna elskede det udtryk, som han havde i sine øjne, lige der da han svarede: "Ja, det ville have været trist at spilde en så dejlig forårsdag med at sidde i venterummet på skadestuen." Hun elskede hans underspillede humor og glimtet i øjet. Deres søn Tom havde faktisk det samme lurendrejerblik, når han lavede sjov med sin mor, kom Erna i tanke om. Åh, hvor hun dog savnede ham. De havde set en del til ham, i perioden efter han blev skilt. Jeanne boede praktisk talt også hos dem, så det gav sig selv. Deres ekssvigerdatter, som de holdt enormt meget af, kom ligeledes ofte. Ja, næsten oftere, end da de to var gift. Pia og Tom var ikke uvenner, så det var ikke noget problem, at Pia ofte spiste hos dem. Det var jo smart, når Jeanne var der, så kunne Pia være sammen med Jeanne og stadigvæk passe sit krævende arbejde. Det benyttede Tom sig skam også af. Både Erna og Carl kunne lide at snakke med Pia, for hun var noget så sjældent som både klog og menneskelig på samme tid. Derfor kunne man slappe af i hendes selskab og bare sige, hvad man havde på hjertet. Erna priste sig lykkelig for, at hun og Carl havde vist deres værd som bedsteforældre, da deres søns ægteskab gik fløjten. De havde været der og gjort deres til, at barnebarnet Jeanne ikke kom til at lide under krisen. De havde været en redningsflåde på et stormombrust hav for den lille familie. Tom oplevede det måske ikke på samme måde. I hvert fald var forholdet til Tom gået fløjten. Erna sørgede over det og var nogle gange utrøstelig, når hun græd over tabet af sin yngste søn. Ja, Erna og Carl var kede af, at de stort set aldrig så Tom mere. Forholdet til ham gik fløjten, fordi han blev kæreste med og senere giftede sig med Sasha. Sasha var en rig, selvretfærdig snob fra Nordsjælland. Erna kom frem til, at man ikke kunne beskrive svigerdatteren anderledes, selvom Erna selv i lang tid havde prøvet at undskylde hendes opførsel. Sasha havde lige fra deres første møde givet udtryk for, at hun følte sig for fin til at være sammen med de to bonderøve fra Køge. Til Sasha og Toms bryllup sad Carl og Erna ikke med til højbords sammen med brudeparret og brudens forældre. Selv om de var gommens forældre, blev de anbragt langt nede af bordet på linje med venner og bekendte. De opretholdt selvfølgelig gode miner under hele festen. Carl sagde, at de ikke skulle lade sig mærke med noget, for at undgå at blive suget ind i smålige skærmydsler. Erna syntes, at de klarede det hæderligt, det med ikke at kny, når de besøgte deres søn og nye svigerdatter, selvom de blev behandlet som udskud af Sasha og hendes familie. De år var hårde for Erna, og Tom gjorde ingenting for at bøde på Sashas nedladenhed. Det virkede, som om at Tom havde det fint med, at hans forældre fik sådan en bekomst af hans nye familie. Det blev rigtigt slemt, da de fik Christian. En skøn lille dreng, der tilsyneladende kun måtte beundres, men ikke røres af farmor og farfar. Sasha gav dem mange reprimander. Praktisk talt alt, hvad de gjorde, var galt. At Carl røg, var en katastrofe, der garanteret ville give drengen astma og allergi alene ved den lugt, der hang ved Carl. Carl gik altid udenfor for at ryge, når de besøgte dem. Sasha havde gjort ham det klart fra starten: ingen rygning i hendes hjem. Erna, der ellers heller ikke brød sig om Carls rygning, havde ondt af, at Carl blev sendt udendørs for at ryge. For Carl gik glip af samværet, fordi han jævnligt skulle rende ud. Det måtte være ensomt at være sendt uden for døren på den måde, tænkte Erna flere gange. Hun følte med sin mand, der elskede selskab, men ikke rigtigt kunne deltage, når de var hos Tom og Sasha. Lige fra Christian blev født, havde Erna haft lyst til at købe alle mulige ting til sit barnebarn. Hun var hverken værre eller bedre end alle andre bedstemødre. Alt, hvad hun fik ud af at komme med de små gaver, som hun var spændt på at give Christian, var Sashas skæld ud og hån. Sådan følte Erna det i hvert fald. Hun oplevede aldrig, at Sasha havde et rosende ord til hende. Det endte hver gang med, at Erna pænt måtte tage sin gave med hjem igen, fordi den var for farlig, for grim eller for billig. Når de kørte hjem fra Nordsjælland, sad Erna næsten altid på nippet til at græde. Hun kunne ikke få sig selv til at nævne sin pinsel for Carl. Hun ville ikke virke, som om hun var barnligt fornærmet. Herregud, det var jo bare en gave, hun havde fejlkøbt. Desuden virkede Carl indestængt, som han sad der med hænderne knuget om rattet, så knoerne stak op som rovfuglekløer. De kunne ikke tale om det eller søge trøst hos hinanden, når de sad der i bilen og led i stilhed begge to. Erna turde ikke give luft for, hvor ked af det hun var. Hvor hårdt hun tog de kolde afvisninger, Sasha gav hende hver gang. Hun prøvede virkelig på at gøre og sige det rigtige og forsøgte at være til behag, men lige lidt hjalp det. Hun tav om det, for hun var bange for, at hvis hun først begyndte at sige det højt og betro Carl sin sorg over at falde igennem som Christians bedstemor, så ville grøften for alvor være gravet. Når grøften var gravet, ville de ikke mere kunne ryste oplevelsen af sig og starte forfra med optimisme, næste gang de skulle på besøg hos deres yngste søn og svigerdatter. Måske Carl kunne, men Erna vidste med sig selv, at hun ikke kunne. Derfor var det vigtigt, at hun forblev tavs om sine følelser af nederlag og derved bevarede et spinkelt håb om, at det engang ville blive godt. At det bare var en fase, indtil de kendte hinanden bedre og havde slebet kanterne af. Utallige gange havde Erna i tankerne undskyldt Sasha med, at hun var en ung og usikker mor, der havde brug for at finde sine egne ben, og at hun derfor havde brug for at markere grænser. Det måtte Erna acceptere, også selv om hun opfattede Sasha som en unødig streng dommer over hendes meritter som bedstemor. Herregud, de havde da aldrig før oplevet, at de faldt så meget igennem, hverken hos Jens og Dorte og deres drenge eller hos Tom og Pia og Jeanne, deres første barnebarn. Tværtimod, Erna havde følt, at deres bidrag til næste generations trivsel var særdeles velkomment. Erna forsøgte i tankerne at undskylde Toms blindhed overfor Sashas ubehagelige omgangstone overfor dem. Det var svært, for Tom havde alle dage være hendes øjesten, og nu samtykkede han åbenbart med Sasha i, at hun overhovedet ikke duede til noget. Tom, som bogstaveligt talt, uden at blinke, havde overladt sit første barn til Carl og Erna, tilsluttede sig tilsyneladende Sashas standpunkt, at farmor og farfar på det nærmeste var børnemishandlere. Dét, at Tom samtykkede med Sasha i, at bedsteforældrene var håbløse med hensyn til valg af tøj, mad og holdninger til børns sundhed og opdragelse, gjorde ondt på Erna. Måske var Tom ikke enig, havde Erna overvejet, men han tolererede, at Sasha brugte ord som håbløst gammeldags og underklassementalitet til at beskrive dem, når de var til stede. Kun Gud vidste, hvordan hun beskrev dem, når de var kørt hjem igen efter deres efterhånden sjældnere besøg. Sasha og Tom inviterede dem ikke, og de holdt, lidt efter lidt, op med at presse på, for at de skulle ses. Det smertelige brud kom på Christians fireårs fødselsdag. Erna kunne mærke, at hun stadigvæk følte en knude i maven. Tung og iskold som en jernkugle på en isende vinterdag sad den i mellemgulvet, når hun kom til at tænke på det. Hendes hjerte blødte for Carl, for det var ham, det var gået ud over den dag. Der var mange gæster til fødselsdagen, både Toms nærmeste familie, Sashas familie og et par af deres venner var kommet for at fejre den lille gut med gaver, lagkage og fødselsdagssang. Hele molevitten, og det var egentlig hyggeligt nok, for når der var mange samlet, så havde Sasha ikke tid til at holde øje med Erna og nedgøre alt, hvad hun gjorde og sagde. De havde kun været der en lille times tid, da Carl pludselig, ud af den blå luft, kom ind i stuen efter at have været ude og ryge. Han gik hen til Erna, der sad i en sofa sammen med Jens' drenge og hørte dem fortælle i munden på hinanden om et musikarrangement på deres skole, som de begge skulle spille til. Det var stort, og Erna glædede sig lige så meget som drengene. Carl bøjede sig ind over barnebarnet på den ene side af Erna og klemte Ernas skulder. Det var et lidt hårdt klem, lige før det gjorde ondt, huskede Erna. Erna kiggede op og fangede alvoren, for Carl så usædvanlig bister ud. Ja, nærmest sammenbidt, hvilket overhovedet ikke lignede ham. Erna blev lidt forskrækket og forstod, at noget forfærdeligt var sket, så hun stillede ingen spørgsmål, da han lavmælt bad hende om at rejse sig og finde sin jakke og taske, for de skulle køre nu. Erna forklarede de skuffede drenge ved hendes side i sofaen, at farmor var nødt til at gå.

Hun ønskede dem held og lykke med musikarrangementet på skolen og bedyrede, at farmor og farfar ville komme og høre dem spille, hvis de kunne. Ud over drengenes skuffede ansigter lagde ingen tilsyneladende mærke til deres opbrud. Det var først, da de stod ude på gaden og Carl var ved at låse bilen op, at Jens kom farende ud til dem og spurgte, hvorfor de tog hjem. Erna vidste jo ikke noget, så hun kunne kun se ulykkeligt på sin søn. Jens rettede blikket mod Carl, og Carl, der ellers var ved at sætte sig ind i bilen, rettede sig op i sin fulde højde og kiggede stålsat ind i Jens' øjne hen over bilens tag. "Du kan spørge Sasha! Hun har med al tydelighed ladet forstå, hvor uønskede vi er her!" – Jens så ulykkelig ud og prøvede at få dem med ind i huset igen. Han argumenterede for, at de skulle blive, for de havde ikke set Christian puste lysene ud på lagkagen endnu. Det var jo en tradition med lysene på fødselsdagskagen, hvor alle klappede. Gaverne var ikke engang pakket ud endnu, fortsatte han, da han så, at det ikke gjorde indtryk på sin far. Jens prøvede at appellere til, at de burde blive for børnebørnenes skyld, uanset hvad Sasha måtte have sagt. Carl stod rank og tavs som en statue og lyttede, indtil Jens løb tør for ord. Jens så forlegen på sin far og derefter ulykkelig på sin mor. "Jeg ved godt, at Sasha ikke er så sød ved mor ..." begyndte Jens igen, men Carl afbrød ham: "Hør nu godt efter, Jens: Du behøver ikke at mægle! Det har intet med dig at gøre. Dette er en sag imellem Tom, Sasha, mor og mig. Vi finder selv ud af, hvordan vi takler vores forhold efter i dag. – Vi ses selvfølgelig som aftalt på onsdag hjemme hos jer. Farvel!" Med den salut nikkede han til Erna, at hun skulle sætte sig ind i bilen, og han gjorde det samme. Jens bøjede sig ned og vinkede farvel til dem ind gennem bilruden. Erna kunne stadigvæk se hans triste ansigt for sig så mange år efter. Da de kørte ned ad vejen, tænkte hun på børnebørnene, som måtte være et stort spørgsmålstegn over, at farmor og farfar var gået så pludseligt. Det var hun i hvert fald selv, og hun drejede hovedet og studerede Carl, som på overfladen koncentrerede sig om kørslen. Erna kendte ham dog og kunne tydeligt se, at han kæmpede med sine følelser. Hun huskede, at hun besluttede, at hun ville give ham to minutter til at samle sig, ikke længere. Hun havde nemlig krav på at vide, hvorfor de på denne dramatiske måde var udvandret fra deres barnebarns fødselsdag. Hun behøvede dog ikke vente længe, for da de drejede ud på landevejen, rømmede Carl sig og begyndte at forklare sig. Han sagde, at han længe havde haft lyst til at gøre eller sige noget, der kunne stoppe Sashas ubehageligheder overfor hende. "Du ved det måske ikke, men det har fra starten af gået mig på, hvordan den iskolde snob behandler dig, Erna!" startede han, og Ernas øjne blev blændet af tårer. Hun havde nemlig ikke nogen ide om, at Carl vidste, hvor slemt det stod til. Hun troede, at hun havde skjult det godt. Derfor vidste hun heller ikke, hvordan Carl oplevede forholdet. Lige der, hvor hun hørte, at Carl var rasende på hendes vegne, skulle hun til at give udtryk for sin taknemmelighed for hans forståelse, men gråden havde ligesom sat sig som en prop i halsen, og hun kunne ikke få et ord frem. Carl løftede en hånd fra rattet og klappede hende på hånden og fortsatte: "Jeg har været så sur på mig selv over, at jeg ikke kunne finde på en måde at sige fra. Jeg ville gerne beskytte dig mod Isdronningens ondskabsfuldheder." Erna havde fået styr på proppen og skulle til at afbryde, Carl hævede stemmen og holdt hånden op for at stoppe hende: "Jeg ved godt, at hun er Toms kone og vores barnebarns mor, men det er slut med at tage hensyn til det! Jeg vil ikke længere holde mig tilbage! – Og ved du hvad? Jeg ved godt, at du ville holde hånden over Tom, men jeg synes, at han for længst skulle have sat tingene på plads – han skulle have mandet sig op over for sin kone! Have sagt til hende, at sådan skal du ikke behandle MIN mor! Det har han valgt ikke at gøre, så nu anser jeg ham som medskyldig i at udskamme og nedgøre dig!" Efter disse ord brød Erna ud i en hulken. Hun havde båret alene rundt på den smerte i snart fem år, og nu, hvor Carl delte hendes syn på Sashas behandling af hende, var det, som om dæmningen brast og vandet bare fossede ud af Ernas øjne, næse og mund. Carl lod hende græde. Han klappede hende en gang imellem på hånden og sagde: "Så, så!" eller "Lille Erna, vi klarer det sammen!" Det var først, da de kom hjem og Carl havde lavet en kop te til dem, at Erna var løbet tør for tårer, og hun fik spurgt om, hvad der havde fået Carl til at beslutte, at de skulle forlade Christians fødselsdag så dramatisk. Carl fortalte, at han havde stået udenfor og røget, da han igennem det åbne køkkenvindue havde hørt Sasha og hendes veninde tale sammen inde i køkkenet. Det havde ikke været hans mening at lytte, men han var blevet fanget ind af deres samtale, da Sasha havde nævnt sine svigerforældre. De to veninder hjalp hinanden med at komme flødeskum på lagkagen og sætte lys i, forstod han på deres småsnak. Carl ville flytte sig fra vinduet for ikke at lytte med, da Sasha, ud af den blå luft, havde nævnt, hvor irriteret hun var på sine svigerforældre, der altid kom anstigende med de mest åndssvage ting. "Hun kritiserede dig uretfærdigt, Erna, for at favorisere dine andre børnebørn, Jens' drenge og Toms Jeanne! Hvad giver du? Først har hun brugt fire år på at afvise og håne alt, hvad du kom med, og få dig til at føle dig forkert og akavet, hver gang du blot nærmede dig hendes søn. Nu, hvor du naturligt nok har trukket dig tilbage og holder lav profil, er hun sur over det!" Erna nikkede mat til sin mands udlægning af sagen og tilkendegav, at sådan følte hun det også. Hun var overrasket over, hvor præcist han kunne forklare alt det, som havde flået i hendes hjerte igennem årene med Sasha, og som hun ikke havde vovet at sætte ord på. Carl havde altså registreret det og spekuleret over det. Måske skulle hun have taget det op med Carl langt tidligere, slog det hende, som hun sad der ved køkkenbordet og drak te med ham. Carl ville måske have fundet på noget, de kunne gøre for at bryde denne onde cirkel. Hun så over på Carl og prøvede at forestille sig, hvordan det måtte have været for ham at stå uden for vinduet og høre på, at de var så dårlige bedsteforældre i Sashas øjne. "Du rammer hovedet på sømmet – jeg tør praktisk talt ikke at tage Christian op af frygt for morens misbilligelse. – Åh, det er blevet så akavet det hele! Hvordan er det dog endt sådan?" spurgte Erna ulykkeligt. Hun forstod det simpelthen ikke. "Det skal jeg sige dig!" svarede Carl vredt: "Sasha sagde det selv klart og tydeligt. Hun sagde, at vi var en belastning for hende. At vi var håbløse med vores slik og Bilkagaver til børnebørnene. Hun kaldte os Lowlife, du! Og påstod, at du ikke havde et naturligt tag på børn. Hun kaldte dig skinger og omklamrende. Jeg fik det skudsmål, at jeg alligevel aldrig var til stede, fordi jeg det meste af tiden stod udenfor og røg som en skorsten. At jeg stank, når jeg kom ind, og at hun ønskede, at hun ikke behøvede at invitere os!" Carl slog hånden i bordet, så kopperne hoppede, for at få afløb for sin vrede. Erna kunne ikke huske, at hun nogensinde havde set ham så vred, hverken før eller siden. Hans ansigt var forvrænget til en næsten uhyggelig maske. Hun glemte helt sig selv, rejste sig og gik over og omfavnede ham bagfra. Han lagde hovedet tilbage mod hendes bryst, og hun kærtegnede hans muskuløse overarm. Da han havde fundet sin ligevægt igen, løsnede han forsigtigt hendes arme og rejste sig fra stolen. Han sagde bestemt: "Erna, vi kan ikke besøge dem igen, før enten Sasha eller Tom har givet os en undskyldning! Bægeret er flydt over! Hvis de ikke respekterer os, så må vi i det mindste respektere os selv nok til, at vi siger fra overfor den behandling. – Vi er gode mennesker, Erna! Vi vil gerne yde vores til fællesskabet, men vi kan ikke tvinge folk til at tage imod. Det må de selv beslutte. Vi slår ikke flere krøller på os selv for at behage Isdronningen og hendes vatnisse af en mand!" Erna skulle til at protestere, for hun tænkte: Hvad så med Christian? Skulle de så heller ikke se ham? Men Carl skar hende af, før hun nåede at få formuleret en protest: "Der må være en grænse, Erna! Og i dette tilfælde er den overskredet for længst. Det nytter ikke at blive ved med at undskylde dem. Det er slut! – Jeg går ud i haven!" Da døren var lukket efter ham, sad Erna lidt i vildrede om, hvad hun skulle gøre. Hun var træt og øm over det hele af at græde, så hun rejste sig, skyllede to hovedpinepiller ned med et glas vand og gik i seng. Den dramatiske exit fra fødselsdagen havde udmattet hende så meget, at hun lå i sengen med influenzalignende symptomer i en uge. Carl passede hende og var omsorgsfuld, men hverken Tom eller Sasha ringede nogensinde for at forklare sig eller for at bede om en forklaring på, hvorfor de var udvandret midt i fødselsdagsfesten. Hun vidste derfor ikke, hvad de mente om hele affæren eller om bruddet. Jens og Dorte holdt klogt nok på, at de ville blande sig udenom. De holdt fast i, at Carl og Erna selv måtte snakke med Tom og Sasha, så de fik ingen oplysninger fra den side. Måske passede det Tom og Sasha udmærket, at forbindelsen var brudt. Erna kunne ikke forstå, hvordan Tom kunne slå hånden af hende! Af begge sine forældre. Hun bar i hvert fald rundt på en sorg, der sad som myoser i nakken på hende, altid på nippet til at give hende hovedpine. Erna hadede, at hun ikke kunne følge med i deres liv. Det gjorde hende ondt, at de kun kendte deres barnebarn Christian gennem det, som Jeanne fortalte dem. Christian og Jeanne var halvsøskende og havde fundet hinanden som bror og søster, da Christian kom i puberteten. Her havde storesøsteren taget ham under sine vinger, for hun havde jo alle pubertetens problemstillinger i frisk erindring. Hun forstod ham, når han opsøgte hende og betroede sig til hende. Selvom Jeanne var næsten tretten år ældre end ham, havde de knyttet et bånd, der var lige så solidt, som hvis de havde været helsøskende og var vokset op sammen. Erna var glad for, at de to, som praktisk talt var vokset op som enebørn, havde glæde af hinanden som bror og søster.

Erna blev revet ud af sine tanker, da hendes opmærksomhed blev fanget af lyden fra deres sko mod træplankerne, da de krydsede broen over åen. Hun syntes, at Carls fodslag trommede en glad march mod broens planker. Da hendes fokus var kommet tilbage til nuet, mærkede hun også alarmsignalerne fra hendes arm, der værkede fra håndled til skulder, fordi hendes hånd var fastlåst i Carls næve. Av, for den da, tænkte hun, men hun ville ikke ødelægge hans glade march ved at vride sin hånd fri af hans. I stedet ville hun holde ud og komme fri ved at stoppe op og rode i én af Matas' kurve. Hun ville lade, som om at hun kiggede efter et tilbud til Jeannes fødselsdagsgave. Hun mærkede glæden skylle igennem sig, da formålet med deres tur til byen atter erobrede hendes bevidsthed. Åh ja, de skulle finde på noget rigtigt godt til deres Jeanne. Erna ville dele sin glæde med Carl og begyndte at forklare ham om håndklæderne igen, imens de nærmede sig torvet.

Peluquería de Mercedes

H un betragtede smilende Carmen. Den kvinde var en uforbederlig optimist. Hun var mere end det, tænkte Mercedes. Hun var indbegrebet af livsglæde, og det smittede. Hver gang Carmen trådte ind i et rum, lyste rummet op. Carmens livslys skinnede på alle, og folk blev glade eller som minimum lettere til mode, når de var sammen med hende. Lige før, da de stod på bussen sammen, var Carmen gået foran og havde taget det første ledige sæde. Den måde, hvorpå hun nærmest havde kastet sig entusiastisk ind på sædet og udbrudt, så alle i bussen kunne høre det: "Ay, hvor er jeg glad! Solen skinner, og Jesper har fået et nyt job!" gjorde, at atmosfæren i bussen blev lysere, lettere og fyldtes med hendes positive energi. Det var, som om Carmen var en tank med ilt, der lækkede ud i omgivelserne og gav ekstra liv til alle. Jesper, som endelig havde fået sig et job, var Carmens mand. I alle de år Mercedes havde kendt Carmen, havde det virket, som om hun var nyforelsket i sin ægtemand. Jesper var ellers ikke noget særligt. Okay, han havde altid tjent godt på sit job som IT-et-eller-andet, men ellers var han ret gennemsnitlig i alt, syntes Mercedes, og han var ikke i stand til at få børn. Carmen ville så gerne have haft børn, men savnet slog hende alligevel ikke ud. Hun holdt heller ikke mindre af Jesper af den grund. Selv i de sidste syv måneder, hvor han var gået hjemme og havde forvandlet sig til et usoigneret, lettere depressivt skrummel, der ikke foretog sig noget som helst, havde Carmen uforandret talt ham op i skyerne. Jespers job var røget, da de outsourcede hans IT-afdeling til Indien. Det havde slået ham helt ud, men nu var han i gang igen. Som Mercedes forstod det på Carmen, var det nye job okay, og han fik næsten den samme løn som før. Mercedes trak altid lidt fra, når Carmen fortalte om Jesper, for Mercedes vidste, at Carmen forgudede sin mand. Derfor var hendes beskrivelser af alt, hvad han sagde og gjorde, i høj grad farvet deraf. Mercedes kunne ikke undgå at føle, hvordan Carmens glade udbrud lyste op på en almindelig hverdag, så hun spillede med på den lyse tone. Hun skyldte Carmen så meget. Carmen havde, med sin naturlige optimisme og sit gåpåmod, været drivkraft for Mercedes gennem årene. Mercedes var overbevist om, at hun ville være bukket under uden Carmen, indtil flere gange, i det grå Danmark. Godt, hun havde Carmen, tænkte Mercedes og lagde armen om hendes skulder og gav den et kærligt klem og sagde: "Det manglede da også bare, for han er dygtig, din Jesper." Hun mødte Carmens øjne og bemærkede, at de tindrede ved hendes ros. Carmen nikkede samtykkende og svarede ærligt: "Jeg må indrømme, at han har gået mig lidt på nerverne den sidste tid, hvor han har gået hjemme og været trist ... Nej, jeg vil hellere sige ..." rettede hun sig selv, imens hun tappede pegefingeren mod sin pande: "Slet det med nerverne! Jeg vil hellere sige, at jeg har været bekymret for ham. Han var ude af sig selv, og jeg kunne ikke gøre noget for at muntre ham op eller give ham mod. Det var DET, der gik mig på!" Carmen viftede bekendelsen væk, som var det en irriterende flue, og sagde smilende: "Men nu er det et overstået kapitel, og vi klarede det, Jesper og jeg. Vi kan klare alt, når bare vi holder sammen." Mercedes trak sin arm til sig og så ned. Hun vidste, at Jespers nedtur havde krævet al Carmens opmærksomhed. Hun havde på sin omsorgsfulde måde gjort alt for at opmuntre ham. Hun havde brugt sin energi på ham og derfor ikke på at få sjove ideer og være kreativ, som hun plejede. Mercedes spekulerede på, om Carmen mon ikke også var lettet på sine egne vegne. For nu, hvor Jesper atter var begyndt at gå på arbejdet, var hun igen fri til at være kreativ og skabende. Hold nu op, bebrejdede Mercedes sig selv og strammede kæbemusklerne. Nu tiltror du Carmen dine egne motiver. Det er dig, der ville tænke sådan, ikke Carmen, erkendte Mercedes. Carmen er præcis det, du ser, mindede hun sig selv om. Der lå ikke skjulte motiver under overfladen, som man kunne analysere frem. Det havde hun jo oplevet gang på gang i alle de år, de havde kendt hinanden. Carmen var optimist og sprudlede af livsglæde. Selv Carmens sorg over ikke at kunne få børn og Jespers nej til at adoptere havde hun rystet af sig, som en hund ryster vand ud af pelsen. Mercedes misundte Carmens evne til at være glad. På trods af misundelsen holdt hun uendeligt meget af hende og værdsatte hendes naturlige livsglæde. Mercedes vidste godt, at hun ville være perdida – være lost, som man sagde på dansk – uden Carmen. Mercedes lagde igen armen om Carmens skulder og smilede oprigtigt til hende, men tankerne drog på langfart igen, da Carmen, ivrigt gestikulerende, begyndte at fortælle om en ny ide, hun havde fået til en børnebog.

Mercedes var født og opvokset i Malaga, en pulserende storby med et rigt kulturliv. Byen blev grundlagt mange år før Kristus og havde en lang historie med skiftende overherredømme. Alligevel havde byen altid haft et farverigt handelsliv og en evne til at vokse og blomstre. Mercedes elskede sin by både til hverdag og til fest. Hun var allerede fra ganske lille med i påskeoptogene. Hendes bydel gik meget højt op i den årligt tilbagevendende begivenhed. Nye generationer blev indlemmet i at sy tøj, spille musik, bære tableauet fra kirkens krypt ad den planlagte rute rundt i byen eller andre opgaver, der var forbundet med optoget. Enhver deltog med sine evner, og der var opgaver til enhver. Mercedes oplevede, at alle påtog sig sin del med et stort engagement. På den måde levendegjorde de sammen Jesu lidelse år efter år, og traditionen levede. Alle påskeoptog startede fra torvet Alameda Principal, videre over floden Guadalmedina og spredte sig ud til byens mange boligområder. Mercedes blev sat til at sætte de andres hår op. Allerede i tolvårsalderen foretrak mange af kvinderne at få sat håret af hende, og derfor fik hun øvelse og blev helt ferm til det. Det førte til drømmen om at blive damefrisør, når hun blev stor. Hun blev, efter planen, uddannet frisør og fik arbejde i en fin salon i Malagas ældste bydel. Der gik mange turister forbi salonen hver eneste dag, og frisørerne kommenterede livligt deres færden og udvekslede erfaringer med kunderne. Det var dog sjældent, at en turist kom ind i salonen, så ingen af frisørerne havde egentlig kontakt med turisterne. Alle kendte dog nogen, der havde en god turisthistorie, som de kunne fortælle videre. En dag kom en høj, solskoldet fyr ind i salonen. Han virkede eksotisk med sit halvlange hår, der var lyst og fint. Da Mercedes var den eneste, der kunne lidt engelsk, blev hun skubbet frem for at finde ud af, hvad den blonde fyr ville. De tre andre frisører fnisede og talte ublu om den udenlandske fyr hen over hovederne på deres kunder. Mercedes kunne se, at han udmærket forstod, at det var ham, de talte om, selvom han ikke forstod ordene, og hans utilpashed ved situationen ramte et blødt punkt i hendes hjerte. Han så ud, som om han fortrød sin beslutning om at gå ind i salonen, og han kiggede sig tilbage over skulderen mod døren, som om han var på nippet til at flygte. Derfor skyndte Mercedes sig at byde ham velkommen og blidt genne ham over i en stol. Hun kørte fingrene igennem hans silkebløde hår.

Hun havde aldrig mærket så fine hårstrå på et voksent menneske. Hun spurgte, hvad han ønskede at få lavet ved sit hår. Han sagde, at han ville have det klippet helt ned. Han demonstrerede det ved at vise en centimeter imellem pege- og tommelfinger oven på sit hoved, for derefter at mime en maskinklipning hen over issen, med lyd på. Mercedes kunne ikke lade være med at le. Det lød fjollet – completamente tonto – at han imiterede lyden som et barn. Hun fortsatte med at lade fingrene glide igennem hans bløde lokker og tænkte, at det ville være synd at maskinklippe det lækre hår. Hår var en del af personligheden, og det der med at klippe det ned til en 1-2-centimeters stubmark anonymiserede personen. Som fangerne i en koncentrationslejr, mente Mercedes. Fyren her var flot, og han havde masser af hår, selv om det var fint og derfor virkede tyndt. – Ikke om hun ville maskinklippe det! besluttede Mercedes med sig selv. Han skulle ikke forlade hendes frisørstol berøvet sin personlighed. De diskuterede frem og tilbage, imens hun, uden at tænke over det, hele tiden havde fingrene i hans bløde lokker. Hun fik at vide, at han hed Keld. Da hun spurgte, hvor han kom fra, fortalte han, at han kom fra København i Danmark. "Så er du en vikingo!" konstaterede hun og bemærkede, at han rettede sig op i stolen, da hun sagde vikingo. Han var tydeligvis stolt af sine aner, så hun slog på, at en ægte vikingo ikke var maskinklippet. Han havde enten langt hår bundet sammen med læderremme eller en cool korthårsfrisure. Han valgte en korthårsfrisure, og resultatet blev ganske pænt, syntes Mercedes selv. Det syntes han åbenbart også, for han kom hen til salonen ved lukketid og inviterede hende ud. Mercedes endte med at blive gift med den danske turist og flytte til Danmark. Det havde ikke været en nem omstilling for Mercedes. Det danske sprog var svært at lære. Heldigvis havde hun mødt Carmen fra Madrid på sprogskolen, og de havde været venner siden dag ét.

Mercedes tog ikke det danske sprog til sig så hurtigt som Carmen. Hun kunne godt selv høre, at hun lød som en udlænding, der døjede med at tale dansk. Hun syntes selv, at hun lød dum, og det hæmmede hende. Når hun var ude sammen med Keld, lod hun ham føre ordet. Når de var i Spanien, lod han til gengæld hende føre ordet. Hun elskede, når de var i Spanien, for så kunne hun lave sjov og dele sine tanker med andre uden at skulle oversætte det i hovedet først. Charmen og rytmen gik af en samtale, når hun skulle lede efter ordene på dansk i hovedet først. Det blev anstrengende, og både humor og flirt gik totalt tabt. Derfor talte hun mere, end hun plejede, når de var på ferie i hendes elskede Andalucía. På trods af sin kamp med det danske sprog fik hun sig ret hurtigt et job i en stor frisørsalon i Hundige. Her fandt hun til sin overraskelse ud af, at danskerne ikke regnede hår som Kelds for at være blond. Betegnelsen blond blev reserveret til de allermest lyshårede, ja, man skulle være næsten helt hvidblond for at blive kaldt blondine her. Selv i frisørsalonen, hvor de uddannede frisører burde vide bedre, kaldtes de mørkere toner af blond for kommunefarvet hår eller leverpostejfarvet hår. Disse betegnelser var ikke neutrale, de indeholdt en nedvurdering, fandt Mercedes ud af. Den blonde dansker, hvis hår ikke var lyst nok, anså sin hårpragt som værende lige så kedelig som den leverpostejmad, danskerne ofte havde med i madpakken. Eller også var det mellemblonde hår farveløst som et møde på kommunen. Mercedes syntes, at det fine blonde hår, som mange danskere havde, var spændende at arbejde med. Man skulle behandle det varsomt, for det gik let i stykker ved overdreven brug af varme eller kemikalier. Det ødelagte hår havde en tendens til at filtre så meget, at den bedste løsning ville være at klippe det af. Den næstbedste løsning var daglig behandling med diverse produkter, noget mange danskere ikke havde lyst til at investere hverken tid eller penge i. Derfor mente Mercedes, at hendes kolleger godt kunne være mere professionelle og vejlede deres kunder til at få en frisure, der passede til hårets farve og struktur, i stedet for at gå med på, at en kundes hår var kedeligt, fordi det var kommunefarvet eller leverpostejfarvet. Den professionelle frisør, mente Mercedes, skulle forklare kunden, i overensstemmelse med sin faglige ekspertise, hvilken tone blond deres hår var, ifølge standarden. Standarden var international og havde mange blonde farvetoner, lige fra den lyse blonde, den, som efter danskernes opfattelse var rigtigt blond, til den blonde farve, der nærmede sig brun. Ud fra den professionelle farveskala kunne frisøren lysne eller mørkne kundens hår, højst et par toner eller som reflekser, hvis nødvendigt. Det ville fremhæve hårets naturlige skønhed. Danskere med silkehår fik i øvrigt de skønneste highlights i sommermånederne med udendørs liv, sol og saltvand, erfarede hun. Mercedes havde mange ideer og holdninger til sin profession, og hun ville gerne diskutere dem med sine kolleger i salonen, men hun mærkede, at de tog afstand fra hende. Hvorfor ville de ikke være i fagligt fællesskab med hende, så de kunne udvikle sig sammen? Det plagede hende, at de klappede i, når hun bragte noget på bane om hårmode eller nye hårprodukter, hun gerne ville høre de andres mening om. Det var ikke, fordi de var ligeglade med faget. Særlig én af kollegerne var meget dygtig og med på tidens trends. Mercedes forstod det ikke og følte, at hun blev holdt uden for. I starten havde de endda drillet hende med hendes navn. Da påstod, at Mercedes var et bilmærke, ikke et navn til et menneske. Men hvis hun skulle hedde det samme som et bilmærke, var det heldigt, at hun var en Mercedes og ikke en Skoda. Så fulgte en periode, hvor de puttede Skoda ind i sætningen, hver gang de henvendte sig til hende: "Det var Skoda ikke så godt!" kunne de sige eller: "Mercedes, jeg har Skoda sagt til dig, at du ikke skal booke kunder til mig efter klokken fjorten!" Senere kom tiden, hvor de gjorde nar ved at påstå, at hun læspede, når hun talte. De gik rundt og læspede på s'erne, især når de talte med hende. De stak tungespidsen overdrevent ud af munden, når de udtalte c'et i Mercedes. Denne hån stoppede dog, da de mistede en stor kunde og hele denne kundes vennekreds. Kunden hed Silvia Storskov og var én af byens spidser. Hun gik meget op i sit udseende og fik ordnet sit hår hver sjette uge, samt hver gang hun skulle til en stor fest eller begivenhed med sin mand. Frisørsalonen spandt guld på hende og hele det netværk af kvinder, som hun anbefalede salonen til. En dag i læspeperioden kom Mercedes' kollega til at læspe Silvias navn overdrevent, da hun stod og tog imod betaling. Kollegaen stak tungen ud af munden på s'erne, og spyttet sprayede over disken, da hun sagde: "Tak! Vi sshhes igen om sshheks uger, Sshhilvia Sshhtorsshhkov!" Silvia Storskov trak forfærdet hovedet tilbage og tørrede en dråbe spyt af kinden med en dirrende finger. Derpå drejede hun om på hælen og forlod salonen uden et ord. Hun satte aldrig sin fod i salonen igen, hvilket var et stort tab. Det var enden på drilleriet med Mercedes' læspen, men Mercedes følte sig stadigvæk udenfor og set ned på. Mercedes gik mange gange hjem og græd over kollegernes manglende respekt for hende. Hun spekulerede på, om det var, fordi hun ikke talte så godt dansk. Keld forsøgte at trøste hende, men han forstod ikke hendes følelse af isolation. Eller måske gad han bare ikke at høre på hendes klage over, at hun følte sig udenfor. "Hvis det er, fordi du ikke er så god til dansk, så meld dig dog til et nyt danskkursus og bliv bedre. Du kan sagens lære alt det, du vil. Det ved jeg, for du er ikke tabt bag en vogn. Bare vis dem, hvem du er, så skal du nok vinde respekt!" Sådan noget lignende sagde han, hver gang hun græd, og det varmede da, at han troede på hendes evner, men han forstod ikke, hvordan det var at være lukket ude fra fællesskabet dag efter dag på arbejdet.

Et år tog hun og Keld til New York i deres ferie. De så selvfølgelig alt det, som man skal se, når man er i La Gran Manzana – eller The Big Apple, som man kaldte byen på dansk. Mercedes så også på frisørsaloner og de reklamefotos, der pyntede salonernes vinduer. Det irriterede Keld lidt, at hun stoppede op ved hver salon for at danne sig et indtryk af, hvad New York havde at byde på inden for hårmode. Mercedes lod, som om hun ikke bemærkede Kelds suk og utålmodige kropssprog, for hun sugede til sig. Hun var endog så vedholdende, at hun to gange gik ind i en salon. Det var, fordi hun så, at de havde collager med karaktererne fra TV-serien Friends i vinduet. Hvad mon det gik ud på? spekulerede Mercedes. Hendes nysgerrighed gav hende modet til at gå ind og spørge. Her fandt hun ud af, at det var blevet en trend at få sit hår sat som Rachel, Phoebe eller Monica, pigerne i Friends. Og at det var cool at vide, hvordan deres frisurer ændrede sig fra år til år i den populære TV-serie. Mercedes blev helt tændt på ideen, og hun var så heldig at få noget materiale og kontaktinformation i de to saloner, hun var gået ind i. Hun købte DVD'erne med Friends og alle de magasiner og blade, hvor der var billeder af hovedpersonerne fra serien. Keld havde rystet lidt på hovedet ad hende, men var alligevel blevet smittet lidt af hendes entusiasme, så han begyndte at gøre hende opmærksom på, hvis han så noget med Friends. Mercedes elskede den måde, hvorpå han rettede sig op og så stolt ud, når han havde peget på noget, som hun kunne bruge. De havde måttet købe en stor sportstaske for at få det hele med hjem. Lige så snart hun var kommet hjem fra New York, begyndte hun at lave en Friends-frisure-mappe. *Iconic Friends Haircut* kaldte hun den. Den var delt i tre sektioner, én for hver af de tre kvindelige hovedpersoner. Da mappen var nogenlunde præsentabel, tog hun den med på arbejde og viste den til sine kolleger. De var vilde med ideen, og de svælgede i billederne og diskuterede de forskellige frisurer. Det skabte det faglige fællesskab i salonen, som Mercedes havde savnet. Salonen havde endda sat en annonce i den lokale avis om *Iconic Friends Haircuts* og blev kendt i byen som Friendssalonen. Mercedes havde ikke tal på alle de gange, hun havde klippet frisuren, som blev kendt som *The Rachel*. Mercedes vandt virkelig kollegernes respekt med sin Friendsmappe. Efter den succes var det, som om hendes sprogvanskeligheder forvandledes fra at være et handikap til at være et plus. "Min kollega med den charmerende spanske accent!" hørte hun en dag en kollega omtale hende overfor en kunde. Der fulgte nogle dejlige år i frisørsalonen, men sejren føltes alligevel bittersød.

Mercedes' mundvige trak sig nedad, som om hun havde en hel skive citron i munden. Hun havde lige fra starten følt sig som en fremmed i Danmark, og i de sidste ti år havde hun tillige følt sig som en gæst, når hun var på besøg hjemme i Andalusien. Hun var begyndt at føle sig som et rumvæsen, der var i omløb i universet, men aldrig kunne lande på en planet, hvor hun havde hjemme. Pludselig havde hun ikke engang Keld mere. Han havde været som et anker, der sikrede, at hendes følelse af hjemløshed ikke drev helt til havs. Hendes vikingo, Keld, døde for tre år siden af et hjertestop. Han var begyndt at cykeltræne, den idiot. Han var vel kommet i midtvejskrise og havde købt hele udstyret til at blive cykelrytter – også grimme lycra-cykelbukser. Han skulle ikke bare cykle for motionens skyld, nej, det drejede sig om en hel transformation. Han gik fra ikke at dyrke nogen form for motion til at leve for at cykle Sjælland Rundt, og hvad der ellers var af store cykelløb. Han ville vinde over sig selv. Genvinde sin ungdoms form, sagde han. Man skulle ikke gå i stå, blot fordi man fyldte halvtreds, mente han. Mercedes syntes ikke, han med sin pludselige cykelmani gik fremad i livet. Mercedes tænkte, at han var så bange for at gå i stå, at han overså, at han forsøgte at gå tilbage i tiden. Det var, som om han ville have en ommer og gå tilbage til sin ungdom. Mercedes var begyndt at spekulere på, om denne ommer omfattede, at han ikke ville have valgt at gifte sig med hende. Hun fik aldrig diskuteret det med ham, for på en træningstur faldt han bare om og var død, inden nogen kunne nå at gøre noget – og det var det! Mercedes var gået i sort, Carmen havde været flink til at ringe og komme og se til hende og havde fået lokket hende med ud og gå nogle ture sammen. Hun vidste ikke, hvad hun skulle have gjort uden Carmen. Mercedes havde mistet sit job i frisørsalonen efter tre måneders fravær. Men hun havde penge nok. Der var Kelds livsforsikring og deres fælles opsparing. Keld havde tjent godt som områdedirektør for REMA 1000, og de havde aldrig brugt særligt mange penge. De tog til Spanien et par gange om året, så Mercedes kunne besøge sin familie. Men de havde jo ikke fået børn at bruge penge på, og de købte ikke så mange ting. Mercedes var velhavende og behøvede faktisk ikke at arbejde mere. Men på opfordring og opmuntring af Carmen åbnede hun sin egen frisørsalon. Salonen blev indrettet i den ene ende af huset. Mercedes var en dygtig frisør, hvilket Carmen også sagde til Gud og hvermand. Hun pralede uden blusel over Mercedes' salon. Mercedes havde kaldt salonen "Peluquería". Det betød simpelthen "frisørsalon" på spansk, men det lød fornemt og eksotisk her i Danmark. Hendes salon havde noget at byde på, for hun var ikke alene dygtig, hun byggede videre på sin faglige kunnen. Hun var begyndt at rejse to gange om året: en gang til London for at deltage i kursus og en anden gang til skønhedsmesse i Barcelona for at indsnuse de nye trends. Hver gang hun rejste, gik hun rundt i storbyen for at opsnuse, hvad frisørerne der havde at byde på. Da hun ikke behøvede at tjene penge, kunne hun selv vælge sine kunder og sine arbejdstider. Det gik fint. Men ensomheden gnavede lidt i hende. Hun var igennem årene blevet en fjern tante i sin egen slægt i Spanien, og her i Danmark havde hun ikke fået så mange venner. Hun havde sine forretningsforbindelser og havde et varmt venskab med et dansk par, som havde fortsat med at invitere hende efter Kelds død, og så var der selvfølgelig Carmen. Gracias a Díos – Tak, kære Gud, for Carmen. Mercedes havde ellers aldrig været særligt troende, idet hun kom fra en mere verdsligt orienteret slægt i Malaga. Hendes forældre gik ikke i kirke om søndagen. De kom der kun til de store fester, især i påsken i forbindelse med optogene, og det skyldtes selvsagt traditionen snarere end troen. Nu var Mercedes begyndt at komme i den katolske kirke i Køge. Hun var gået til en gudstjeneste efter en pludselig indskydelse for at dulme ensomheden, men havde til sin forbavselse fundet troen. Menigheden virkede som et omsorgsfuldt netværk, og som enke havde hun følt deres varme og inklusion. Mercedes var begyndt at lave frivilligt arbejde sammen med de andre i menigheden omkring kirken. Det føltes rigtigt godt. På næste lørdag skulle hun sætte håret på både bruden og brudepigerne før vielsen i kirken, og hun var endda inviteret med til bryllupsfesten. Hun glædede sig til at fortælle Carmen om det og forklare for hende, hvordan hun havde tænkt sig at kreere deres frisurer. Hun drejede hovedet, så på Carmen og blev nærværende. I det samme kørte bussen over et bump, hvilket gjorde, at Mercedes nikkede Carmen en skalle. Det var dog hendes mund, der hamrede ned i Carmens hoved, ikke hendes pandeben. I et par sekunder var det eneste, hun kunne sanse, smerten fra fortænderne og overlæben, der var kommet i klemme imellem Mercedes' egne tænder og Carmens hovedbund. Mercedes smagte blod, og det første, der slog hende, var bekymringen for sine fortænder. Hun stak forsigtigt tungen op bag fortænderne og konstaterede, at den ene tand føltes lidt rokkeløs. Av, det gjorde ondt! Dernæst følte hun væske rende ned ad sin hage. Hun rakte sin hånd op for at stoppe det, hun troede var spyt, og hørte Carmen udbryde: "Pas på, der ikke kommer blod på din fine trøje!" Hun så, at Carmen rakte hende et papirlommetørklæde, og tog taknemmeligt imod det. Mercedes duppede forsigtigt sin læbe. Hun så, at papirlommetørklædet blev rødt af blod, og kiggede på Carmen for at se, om hun var kommet til skade ved det hårde sammenstød. Hun så, at Carmens øjne var store som i rædsel, før hun slog blikket ned. Hun havde aldrig set Carmen bange, og det føltes helt forkert. Mercedes ville trøste hende og bedyre, at det ikke var så slemt, og forsøgte sig med lidt humør: "Ja, lad os endelig få sendt min trøje til renseriet, INDEN vi tager til tandlægevagten med min flækkede læbe og løse tand!" Et par sekunder tikkede forbi, hvor kun deres øjne talte. Så lo Carmen, og Mercedes klukkede forsigtigt, imens hun sagde: "Av-av!" Carmen rømmede sig og spurgte: "Har jeg nogen sinde fortalt dig om tiggerfuglen?" Det var dejligt, tænkte Mercedes, nu var Carmen sig selv igen. Mercedes rystede på hovedet, duppede forsigtigt papirservietten mod sin læbe og glædede sig til at høre en god historie om en tiggerfugl over frokost.

Carmen og hendes Valentino

Carmen var 22 år og havde aldrig haft en kæreste. Hun var en moderne kvinde og havde endda sin egen lille lejlighed i samme kvarter, som hendes forældre boede i. Det var der ikke så mange andre unge spaniere, der havde. De fleste boede hjemme hos deres forældre, indtil de blev gift. Sådan havde det altid været. Kønsrollerne var dog begyndt at ændre sig i Spanien, og hun, Carmen, ville ride med på bølgen og blive selvforsørgende. Hvis hun fulgte normen, ville hun blive gift og derved forsørget af sin mand eller, hvis det gik vildt for sig, få arbejde i sin mands virksomhed. Det var ikke den skæbne, Carmen havde tiltænkt sig selv, hun ville finde sin egen vej i livet. Hun var sikker på, at der fandtes en speciel vej for hende, selvom hun ikke var helt sikker på, hvad det næste skridt ville være. Eftersom Carmen boede alene, havde hun masser af tid til at sidde i sit lille, fine køkken og tænke. Hun tænkte på, hvor stærk og uafhængig en kvinde hun var. Imens hun sad og filosoferede over sit liv, havde hun for vane at tegne skitser eller skrive små anekdoter. Hun ville gerne være forfatter, helst en anerkendt krimiforfatter. Som andenprioritet ville hun være illustrator: en person, der lavede iøjnefaldende tegninger til magasiner eller ugeblade. Hun var sikker på, at hun ville klare det, for hun havde talentet og kunne let ryste ideer ud af ærmet. Hun så sin fremtid for sig, men nogle gange, når hun sad ved sit køkkenbord og tegnede, blev hun overmandet af en snigende tristhed, fordi hun inderst inde følte, at hun måske blot narrede sig selv med det dér stærk kvinde-halløj. For hun ønskede sig brændende en kæreste, en sød og kærlig mand. Når hun fantaserede om denne mand, som hun ville elske overalt på jorden, fik hun altid lyst til at fylde sig med noget sødt, nogle småkager og en stor kop varm kakao. Hun gav altid efter for denne trang til at dulme tristheden og gruede samtidig for at blive for tyk til sine dyre kjoler. Carmen elskede at danse iført en fantastisk aftenkjole, der fejede hen over gulvet, når hun svingede sig i dansen. Derfor havde hun spinket og sparet og havde nu tre dyre kjoler hængende i skabet. Der var bal på Hotel el Príncipe i kvarterets centrum den sidste fredag i måneden. Carmen troppede op næsten hver gang. Hun hadede at gå glip af et eneste bal. Hun elskede at danse hele natten og nyde musikken og den romantiske stemning. Hun studerede mændene og drømte om evig kærlighed. Hendes veninde Susana var mere jordnær, hun slyngede ofte sin parole ud: "Mænd er som offentlige toiletter: Enten er de optaget, eller også er de fulde af lort!" Carmen syntes, at Susana var kynisk, for Carmen håbede og troede på kærligheden. Den store dansesal på hotellet var altid fyldt til randen med festklædte mennesker– og en skønne dag ville Carmens drømmeprins komme og byde hende op. Det var Carmen sikker på. Hun håbede at kunne skille fårene fra bukkene. Hun gad ikke de mænd, der bare var ude på at erobre en eller anden kvinde til en enkelt nats sjov. Det skulle være en seriøs mand, der søgte en kæreste og ville investere i et fast forhold. Indtil for nylig havde Carmen ikke fået øje på en mand, som hun havde lyst til at lære at kende. Men til de sidste to danseaftener på hotellet havde Carmen bemærket en flot mand med et elegant, lidt gammeldags overskæg. Hun var begyndt at fantasere om ham. Hun kunne ikke koncentrere sig om at tegne eller skrive, men sad bare i sit køkken og drak kakao, imens hun digtede på, hvordan deres første dans ville blive. Han var udlænding, det var tydeligt, men Carmen kaldte ham Valentino i sine fantasier. Hvis han ikke bød hende op i aften, ville hun finde modet til at byde ham op. Du kan godt! Du er en moderne kvinde, formanede hun sig selv.

En svag prikken på køkkenvinduet rev hende ud af sine romantiske forestillinger om den første dans med Valentino. Et smil lyste Carmens ansigt op. Hun vidste, at det var hendes nye ven, den smukke fugl. Der sad den på den udvendige karm og kiggede forventningsfuldt på hende gennem ruden. Den var på størrelse med en solsort, men var eksotisk, en art papegøje, vurderede Carmen. Den havde en metallisk grøn farve på vinger og ryg, næsten som om den bar en royal kåbe. Dens hals var skrigende orange, så det lignede, at den grønne kåbe havde en orange krave, der stod op fra skuldrene. For at fuldende klædedragten havde den en sort hat på hovedet. Dens næb var krumt, og den kunne synge melodistumper med en musikalsk klarhed, der måtte have behaget dens ejer. Dens sang betog i hvert fald Carmen. Hun var sikker på, at det var en stuefugl, der var sluppet fri, og hun håbede, at den ville finde tilbage i sikkerhed. I mellemtiden klarede den sig åbenbart ved tiggeri. En royal tigger, smilte Carmen. En adelig gårdmusikant, som måske havde følt sig fanget i sit guldbur og nu afprøvede det vilde liv. Det kunne Carmen lide, og hun elskede, at den ville være hendes ven. Den var begyndt at komme til hendes vindue næsten hver dag. Den bankede hver gang svagt på hendes rude med næbet. Carmen var kommet til at holde af den og lyste op i et smil, når hun hørte dens prikken på ruden. I starten havde Carmen smuldret lidt brød ud på karmen, hvor den sad. Senere havde hun købt cornflakes til den og solsikkefrø, så hun havde lidt forskelligt at traktere Tiggerfuglen med. Hun åbnede vinduet en smule og dryssede nogle solsikkefrø ud på karmen, hvor den sad. "Min lille ven! Min smukke ven! Min himmelflyvende ven! Min lille tiggerprins!" nynnede hun, imens fuglen forsigtigt gik hen for at tage for sig af det tilbudte måltid. Carmen betragtede den og trak sig lidt tilbage fra det åbne vindue for at give Tiggerfuglen lov til at spise i fred. Hun havde overvejet, om hun skulle invitere fuglen indenfor. Så kunne den bo hos hende, imens hun fandt ud af, hvem der ejede den, så den kunne komme hjem. Hun havde ikke besluttet sig endnu, for måske var det fuglens skæbne at være fri. Hun ville meget gerne have den frie fugl som ven. Den bragte glæde og jagede hendes ensomhedsfølelse på flugt for en stund. Tiggerfuglen gjorde opmærksom på sig selv med et par klare fløjt, og Carmen rakte armen ud og dryssede lidt flere frø til den afventende fugl. Tankestrømmen vendte tilbage, og ordet *ensomhed* genstartede straks fantasien om Valentino. "Åh, min Valentino!" sukkede hun højt og forlod med letfodede dansetrin køkkenet og svang sig med piruetter ind på sit værelse. Her åbnede hun det kæmpestore egetræsklædeskab, som hun havde arvet efter sin mormor. Skabet var egentlig for stort til hendes lille værelse, men hun <u>ville</u> have det med, da hun flyttede ind i lejligheden. Hendes mormor, måtte hendes sjæl hvile i fred, havde været hendes idol, da hun var en lille pige. Mormoren kunne fortælle eventyr, så Carmen følte, at hun selv var med i historien. Mormoren havde mange kloge ord, som hun gav videre til Carmen. Mange af dem handlede om kvindens lod her i livet. "En kvindes blomstringstid er kort!" kunne hun for eksempel deklarere og fortsatte: "Men når hun forstår at klæde sig elegant, kan hun fortsætte sin blomstring langt oppe i årene – Og den, der klæder sig elegant, er aldrig alene!" Carmen havde hørt på mormorens råd, og selvom hun nu syntes, at meget af det var gammeldags, så hang det ved. Mormoren havde selv været meget stilfuld og besad tillige en vis elegance og en naturlig myndighed. Ingen kunne ignorere hendes mormor, når hun trådte ind i et rum. Heller ikke på hendes gamle dage. Mormorens klædeskab osede stadigvæk af elegance, følte Carmen. Hun mærkede det, hver gang hun åbnede det. Hun slog skabsdørene ud til hver sin side og betragtede sine balkjoler på bøjlestangen. "Hvilken kjole skal være min amulet til aftenens bal?" spekulerede Carmen. Hun rakte ud efter den blå drøm med de hvide blonder i halsudskæringen og i ærmerne. "Denne kjole vil Valentino nok elske at se mig i," forestillede Carmen sig og løftede armene, som om hun trådte dansen med Valentino og snurrede rundt. Så var den sag afgjort: Det skulle være den blå. Hun tog kjolen ned fra bøjlestangen og hængte den på skabsdøren "Jeg vil aldrig fortryde de mange penge, jeg brugte på denne kjole, for den er min billet til kærligheden!" tænkte Carmen og glattede kjolens stof med en nænsom hånd. I det samme ringede telefonen. Det gav et ryk i Carmen, hun rev sig ud af sin romantiske forestillingsverden og gik hurtigt ind i stuen for at tage telefonen. Det var Susana. Carmen satte sig i stolen ved siden af det lille telefonbord, for Susana kunne tale i timevis. Susanas stemme lød meget eksalteret, og hun begyndte uden indledning. Hun havde lavet en research på Valentino. Det viste sig, at Susana arbejdede sammen med én i banken, der kendte en, der kendte en anden, som kendte Valentino. I virkeligheden hed han Jesper og kom fra Danmark. Han arbejdede i et multinationalt datafirma, som installerede og vedligeholdt datacentraler for banker i hele verden. Jesper rejste jorden rundt og fik det hele til at køre. Han kunne tale flere sprog og var nogenlunde til spansk. Alt det rapporterede Susana i telefonen i et forceret tempo, som om hun var bange for at glemme nogle detaljer. "Åh jo, og så bor han på Hotel Príncipe og skal blive her i Madrid i mindst en måned mere!" plaprede Susana videre, og Carmen regnede ud, at hun havde to danseaftener mere til at lære Valentino eller Jesper, som han åbenbart hed, at kende. I aften og igen om en måned. Hun håbede sådan, at det ville blive i aften, for så havde de en hel måned til at ses, at gå ture sammen. De kunne sidde og sludre på cafe hver eftermiddag, inden han skulle rejse hjem til Danmark igen. Susana fortsatte uden at stoppe for at trække vejret: "De siger, at din Valentino er en meget seriøs og dygtig mand. Og desuden meget venlig og nem at snakke med. Sådan siger de i hvert fald nede i datakælderen! Han skulle være en rigtig drømmemand. Han tjener styrtende med penge, og det bedste ved det hele er, at han vist nok er ledig på markedet. Nu har du din chance, Carmen. Du må gå til stålet i aften, Carmen! Det er utroligt, at sådan en mand skulle være ugift. Det er virkelig gode nyheder, jeg her giver dig. Dit livs chance på et sølvfad! Hvad siger du så?" Carmen skulle til at svare, men så fortsatte Susana uanfægtet sin talestrøm. Hun fortalte om bankernes data, som blev forbundet over hele verden, og den ene bank kunne trække på den andens viden om kunderne, men Carmen var i færd med at forestille sig aftenens bal. Hun i sin blå kjole og Valentino med det elegante overskæg, som kiggede forelsket ind i hendes øjne, imens hans arm lå fast om hendes ryg. De skulle danse, som om de var det eneste par på dansegulvet, bare dreje rundt og rundt og svæve hen over gulvet. "Okay, vi ses i aften, chao!" sagde Susana og lagde på, før Carmen fik mulighed for at sige farvel. Carmen sad ør i hovedet med telefonrøret duttende ved øret. Hun vendte modstræbende tilbage til nuet, fordi hun blev opmærksom på en lyd, der kom fra værelset. Hun lagde røret på og gik de få skridt fra stuen og ind på værelset. Her stoppede hun brat op, da hun fik øje på Tiggerfuglen, Den sad på skulderen af kjolen, der hang på skabsdøren. Carmens ansigt trak sig sammen halvt i afsky og halvt i frygt. Tiggerfuglen havde garanteret beskidte fødder. "Ud!" råbte hun og viftede bydende med armen. Den fugl skulle væk fra hendes dyre kjole, nu! Et var, at den kunne sætte en plet, som ville være vanskelig at få af, hvad værre var, at den kunne rive tråde ud af stoffet med sine små kløer. Carmen hvæsede som en arrig kat, hendes arme gik som møllehjul, imens hun trådte frem mod fuglen. Hun gentog sit råb: "Ud!" Fuglen lettede baskende og fløj over hendes hoved og ud i køkkenet. Carmen rendte efter den, opsat på at få det skadedyr smidt på gaden med det samme. Hun så, at vinden havde blæst køkkenvinduet op på vid gab. Hun måtte have glemt at lukke det, da hun gik ind for at vælge kjole til om aftenen. Tiggerfuglen sad på en spisestuestol og holdt øje med hende. Hun sprang frem mod den og håbede at kunne vifte den ud ad det åbne vindue. Fuglen lettede prompte og fløj direkte ind i ruden. Kollisionen gav en grim lyd af fuglens kranium mod ruden. Den landede fortumlet i vindueskarmen, og Carmen stod et øjeblik med opspærrede øjne og tilbageholdt åndedræt, imens hun betragtede den. Fuglen trådte et usikkert skridt frem og lagde en fugleklat bag sig. Carmen hvinede og slog ud mod fuglen hen over stolens ryglæn, og den fór på vingerne igen. Denne gang prøvede Carmen forsigtigt at vifte den hen mod friheden på en roligere måde, men det samme skete uheldigvis igen. Fuglen buldrede hovedet ind i ruden og faldt ned i vindueskarmen. "Din idiot – du slår jo dig selv ihjel!" råbte Carmen til Tiggerfuglen. "Kom nu! Flyv nu ud!" bad Carmen ulykkeligt og trak sig lidt tilbage for at overveje en ny strategi. Fuglen tog kurs mod vinduet af sig selv, imens hun stod og håbede på at få inspiration til en plan. Tredje gang var lykkens gang. Fuglen fløj ud i det fri og forsvandt i en bevoksning i nærheden. Carmen lukkede vinduet og tørrede op efter fuglen i vindueskarmen. Bagefter skyndte hun sig ind på værelset for at besigtige kjolen. Carmen gennemgik stoffet på skulderen grundigt. Hun gik i sort et øjeblik, da hun så, at Tiggerfuglen havde trukket en tråd ud af det sarte stof. Så tog hun sig sammen og spurgte sig selv, hvad hendes mormor ville have gjort. Hun gik tilbage til stuen med kjolen foldet over den ene arm, imens hun med den anden hånd omhyggeligt holdt de lange, knitrende skørter op over gulvet. Hun satte sig i lænestolen ved siden af det store lag-på-lag-syskrin, som også kunne fungere som et lille kaffebord. Det var endnu en arv fra mormoren. "Lad mig se – det må kunne repareres!" sagde hun ud i luften og spidsede munden. I det øjeblik var hendes ansigtsudtryk en tro kopi af mormorens: de rynkede bryn, den lidt nærsynede koncentration om sytøjet i hendes hånd og den spidse mund. Carmen mente nok, at hun kunne udbedre skaden, og hun åbnede det første lag i syskrinet. De øverste rum var fyldt med trådruller i forskellig farve. Da hun sad og matchede stoffets farve med udvalgte trådruller for at finde den, der bedst kunne gå i et med kjolen, hørte hun en velkendt sangstemme. Carmen ignorerede den først, for hun ville ikke opmuntre Tiggerfuglen til at komme mere. Den havde vist sit sande jeg – som en hærværksfugl. Hun prøvede at koncentrere sig om sin reparation, men som sekunderne gik, lød Tiggerfuglens sang mere og mere som skrig. Carmen lagde forsigtigt kjolen fra sig på lænestolen, så den ikke blev krøllet. Hun løb ud i køkken, imens hun spekulerede på, hvad den nu havde fundet på, den lille bandit. Hun kiggede ud af vinduet, men kunne først ikke få øje på fuglen. Hun tænkte, at der ville gå et stykke tid, før hun ville åbne vinduet igen, om så Tiggerfuglen hylede og skreg. Sådan var det gået med det forhold. Hun mærkede nu, hvad mormoren altid havde sagt: "Det kræver tid at opnå tillid, men der skal kun én uigennemtænkt handling til for at bryde tilliden!" Tiggerfuglens skrig tog til, og Carmen fik øje på, hvor det kom fra. Den var nede på jorden under vinduet. Carmen fik et chok, for Tiggerfuglen lå på siden og blev holdt nede af en stor skade. Skaden havde kløerne dybt begravet i Tiggerfuglens bryst, og den hakkede i Tiggerfuglens hoved med sit store næb. Tiggerfuglen var ved at blive ædt levende. Carmen stirrede på dramaet med fascination og gru. Hendes opmærksomhed blev holdt fanget af angstskrigene og af det brutale drab, der foregik for øjnene af hende. Carmen var paralyseret og stivnet uden evne til at gøre noget. Hun stod bare og så på, at Tiggerfuglen blev hakket ihjel. Dens skrig forstummede, efter at skaden fik sat et velplaceret hak ind i øjet på den. Skaden bøjede nakken tilbage, og Tiggerfuglens afrevne øje dinglede et kort sekund i en tynd tråd fra dens næb, før den slugte det. Derpå fortsatte den med at hakke i byttet, og kort tid efter stoppede Tiggerfuglens bryst med at pumpe som en blæsebælg. Skaden sad med kløerne i den døde fugl og kiggede sig rundt i et par sekunder, hvorefter den løftede sig tungt fra jorden og fløj bort med sit bytte hængende slapt under sig. Carmen sank ned på gulvet under vinduet. Hun græd ukontrolleret, og den første tanke, der hvirvlede rundt i hovedet på hende, var: "Jeg er en morder!" Det stod i et nu klart for hende, at de to gange, hun havde jaget fuglen ind i ruden, havde svækket den så meget, at skaden havde kunnet fange den. "Det var min ven, og jeg har jaget den direkte i døden. En grufuld død!" hulkede hun: "Kun fordi jeg bekymrede mig mere om min kjole end om vores venskab!"

Carmen vågnede, ved at telefonen ringede. Hun opdagede, at hun lå i sin seng fuldt påklædt. Hun prøvede at orientere sig. Hvorfor lå hun her, og hvad var klokken? Hendes mave trak sig sammen til en knude, da hun kom i tanke om Tiggerfuglens grufulde død og sin egen rolle i dramaet. Det sidste, hun huskede, var, at hun sad og græd på køkkengulvet. Hun huskede ikke, at hun var gået ind på værelset og havde lagt sig på sin seng. Hun kiggede på uret, klokken var ni. Hun havde ikke trukket persiennerne ned, og solen brændte ind ad vinduet. Det var altså morgen, konstaterede hun og gned sine øjne. Hun måtte have sovet siden i går eftermiddags. Telefonen skar igennem hendes tanker, og hun kom usikkert på benene og tumlede ind i stuen. "Åh nej!" tænkte hun, da hun så sin kjole, der var svunget over lænestolen: "Nu kom jeg ikke til ballet og fik danset – jeg gik glip af en chance for at lære Valentino at kende!" Tårerne pressede sig på, for hun følte, at hun havde fortjent ikke at få Valentino, nu hvor hendes sande jeg havde vist sig: Carmen, den forfængelige kvinde, der tænkte mere på sin kjole end på at hjælpe sin ven. Hun var en iskold morder. Hun forestillede sig, hvordan hendes ækle indre var et mudderhul med stillestående, giftigt plumrevand. Hendes blodårer var ikke fyldt med kærlighedens kraft, der som en levende flod brusede lystigt af liv. Hun kunne sammenlignes med en påklædningsdukke, der kun bekymrede sig om sit ydre. Carmen fnyste af sig selv og lukkede øjnene hårdt i, imens hun talte til fem, før hun tog telefonen. Hun forventede at høre Susanas stemme i røret. Hun ville nok spørge om, hvorfor Carmen ikke kom til ballet. "Hej!" sagde Carmen og mandede sig op til at høre om alt, hvad hun var gået glip af. "Hej!" lød en tøvende mandsstemme på spansk med en stærkt udenlandsk accent: "Jeg hedder Jesper. Du kender mig ikke, men din veninde, Susana, gav mig dit telefonnummer og sagde, at det var okay for mig at ringe til dig ... Jeg undskylder, hvis jeg forstyrrer ... Har du tid til at ... øh ... Hallo ... er du der?" Carmen var helt paf og dumpede ned i lænestolen oven på den blå kjole. Der gik en rum tid, før hun genvandt stemmens brug: "Ja, ja, jeg er her. Jeg er glad for, at du ringer. Jeg har bare ... Por favor ... fortsæt!" Hun kunne høre Jesper rømme sig lidt forlegent, før han fortsatte: "Øh, jeg er i Madrid for at arbejde og bor på Hotel Príncipe. Jeg har set dig til danseaften!" Carmen lyttede med tilbageholdt åndedræt. "Øh, sí? I går talte jeg med din veninde, og hun fortalte lidt om dig. Hun påstod, at du havde alle Agatha Christies krimier!"

"Ja, det er sandt," svarede Carmen med smil i stemmen: "Hun er min yndlingsforfatter, selv om jeg holder af alle slags kriminalromaner." Der kom en glød i hendes stemme. Når hun talte om krimigenren glemte hun altid alt andet omkring sig. Hun kunne tale i timevis om plot, spændingskurve, intrige og karakterernes motiver i fortællingen. Jesper afbrød hende: "Wauw, jeg kan høre, at du ved en del om Agatha Christie og om kriminalromaner i det hele taget! Jeg ville spørge, om du kunne gøre mig en stor tjeneste?" Det ville Carmen gerne: "Sig frem!" opmuntrede hun ham. Hun kunne høre ham synke, før han spurgte: "Vil du spise middag sammen med mig? Altså, der er en ting, som du måske kunne forklare mig, som jeg ikke forstod i *Det kringlede hus*." Carmen lo: "Det lyder spændende, men det er jeg måske ikke i stand til." Det her lød som en drøm. "Åh, så må du undskylde ... Jeg ved godt, at det var lidt anmassende at ringe til dig, men ..." begyndte Jesper at sige, men Carmen brød ind:

"Nej, nej! Det var godt, du ringede. Jeg vil glæde mig til at spise middag med dig. Jeg mente, at jeg måske ikke er i stand til at hjælpe med dit spørgsmål." – "Okay," sagde han og lød helt lettet: "Hvad siger du til at spise sammen allerede i aften?" Carmen havde stjerner i øjnene, da hun sagde ja. Hun så ham for sig, den høje og flotte nordiske mand med det elegante overskæg. "Ved du hvad? Jeg tager *Det kringlede hus* med, så kan vi finde svaret på dit spørgsmål sammen, hvis jeg ikke har det på rede hånd!" Jesper syntes, at det var en strålende ide. De sad tavse lidt i hver deres ende af røret. De vidste ikke, hvad de skulle sige, men de var uvillige til at afbryde samtalen. "Hasta luego!" sagde den lækre fyr endelig, hvorpå Carmen udbrød: "Hasta luego, Valentino!" Hun kunne have bidt sin tunge af, men den lækre mand spurgte forbavset: "Hvordan vidste du, at jeg hedder Valentino til mellemnavn?" Carmen spærrede øjnene op og fik fremmumlet: "Undskyld mig, det var bare noget fjolleri. Jeg har også lagt mærke til dig på Hotel Príncipe og fundet på at kalde dig Valentino i mine tanker. Undskyld, jeg plejer ikke at være ..." Jesper afbrød hendes forklaring: "Nej, den er god nok: Mit navn er Jesper Valentino Hansen. Min mor sværmede for den gamle stumfilmstjerne Rudolph Valentino. Den store elsker, kaldte hun ham. Skuespilleren betød åbenbart så meget for hende, at hun mente, at hendes eneste søn skulle hedde Valentino. Det satte min far heldigvis en stopper for, men jeg kom til at hedde Valentino til mellemnavn som et kompromis." – "Åh, på den måde!" nikkede Carmen og så ud som en kat, der havde spist en dåse sardiner, og afsluttede samtalen med sukkersød stemme: "Hasta luego, señor Valentino!"

Sådan endte Carmen i Køge. Hun fik sin Valentino, som hun dog lærte at kalde Jesper, når de var sammen med andre, fordi hun opdagede, at danskerne opfattede navnet *Valentino* som en karikatur. Jesper viste sig at være en god ægtemand og elsker, så Carmen syntes fuldt ud, at han levede op til navnet, som moren havde insisteret på, at han fik. I starten af deres ægteskab fandt Carmen ud af, at hun

ikke kunne få børn. Hendes Jesper ønskede ikke at adop-
tere, så hun måtte slå sig til tåls med at være barnløs. Hun
blev heller ikke en anerkendt krimiforfatter, og det skete
ofte, at hun savnede sit liv i Spaniens pulserende hovedstad.
Hun savnede også den tætte kontakt med sin familie så
meget, at det ofte føltes, som om hjertet trak sig sammen i
kramper. Det varede dog sjældent længe, før Carmen lyste
op i et smil, for to ting havde Tiggerfuglen lært hende: For
det første var livet kort og kunne ende brat. Derfor gjaldt
det om at leve fuldt ud og gøre sit bedste hver dag. For det
andet, at man i livet fik muligheder og begrænsninger fuld-
stændigt uafhængigt af, om man havde gjort sig fortjent
til det eller ej. Derfor gjaldt det om at gribe mulighederne
og skatte sit held og om at sluge nederlagene. I stedet for at
tude over sit eget vanheld kunne man koncentrere sig om
at være noget for andre. Carmen havde fået sin Valentino,
og hun huskede ofte sig selv på at skatte ham.

Ovenikøbet havde hun Mercedes, sin kloge veninde. De
sad ved siden af hinanden i bybussen, og Merce lyttede til
hendes overvejelser over en lidt usammenhængende karak-
ter i den tekst, hun var ved at skrive. Carmen var sikker på,
at Merce ville sige et eller andet, der fik det hele til at falde
på plads. Det gjorde hun altid, for Merce havde så meget
menneskekundskab fra sine mange år som frisør. Hendes
talestrøm blev brat afbrudt, da bussen hoppede ukontrol-
labelt, hvilket resulterede i, at Merce nikkede Carmen en
skalle. Carmen udstødte et overrasket hvin og tog sig til
hovedet. Hun mærkede efter, hvor hun var blevet ramt,
men det gjorde ikke ondt på hende. Hun så på veninden
og bemærkede, at blodet dryppede fra Merces mund. Car-
men skyndte sig at tage et papirlommetørklæde op af sin
taske og rakte Merce det: "Pas på, der ikke kommer blod

på din fine trøje!" sagde hun og spærrede i det samme øjnene op i rædsel, da hun indså, at hun havde givet udtryk for større omsorg for Merces tøj end for hendes flækkede læbe. Hun slog flovt øjnene ned, men noget fik hende til at se på Merce igen. Merce så på hende med et glimt i øjet og læspede ud af den flækkede, svulmende overlæbe: "Ja, lad os endelig få sendt trøjen til renseriet, INDEN vi tager til tandlægevagten med min flækkede læbe og løse tand!" Et par sekunder tikkede forbi, hvor kun deres øjne talte. Så lo Carmen, og Merce klukkede forsigtigt, imens hun sagde: "Av-av!" Carmen rømmede sig og spurgte: "Har du lyst til at høre om Tiggerfuglen?" – "Ja da, den har jeg ikke hørt om før!" læspede Merce. "Jeg vil fortælle dig om Tiggerfuglen, når vi spiser frokost," afgjorde Carmen og følte sig pludselig enormt lettet. Hun havde aldrig fortalt om Tiggerfuglen til nogen, så vidt hun huskede. Det føltes grangiveligt, som om det hop, bussen havde lavet, havde slået en lænke af hendes hjerte.

Køgehøns og isvafler

Jeg fyldte to sæder i bussen, fordi jeg ikke kunne dreje mig ordentligt ind på sædet. Jeg havde, for kort tid siden, gennemgået en hofteoperation og gik stadigvæk meget langsomt ved hjælp af to krykker. Mine to søstre, jeg er den mellemste, havde insisteret på, at vi ikke skulle gå glip af den årlige tur til lystbådehavnen for at nyde en kæmpe isvaffel. Vi havde alle tre boet i Køge hele vores liv. Tidligere gik vi til fods ned til lystbådehavnen med de af vores børn, der havde tid og lyst til at gå med. I år foregik turen med bus, fordi jeg var krykhusar. De sidste par år havde vi kun været os tre søstre, men det var hyggeligt alligevel. Det var simpelthen aldrig kedeligt at være sammen med mine søstre: Der var altid gang i dem. "Skide være med, at det er løgn – bare det er spændende!" plejede min storesøster at sige, når hun fortalte historier fra sit dagligliv. Bussen til lystbådehavnen var en nyhed. Driften mellem Køge Kyst og lystbådehavnen blev indviet i februar. Godt det samme, for ellers skulle vi have taget en taxa derud, og så var turen i år aldrig blevet til noget, da min lillesøster er meget påholdende. Hvad der er sparet, er tjent, er hendes motto – og det er ikke sjovt, det er skam seriøst ment – seriøst ud over alle grænser.

Da bussen stoppede ved lystbådehavnen, sprang min storesøster kækt hen og stillede sig i døråbningen for at afholde bussen fra at køre, inden jeg kunne komme op af sædet. Min lillesøster kom hen for at hjælpe mig op og tog mine krykker. Vi fumlede ærligt talt rundt og kom til at stå i vejen for hinanden imellem sæderne, så vi hverken kunne komme frem eller tilbage. Jeg fik helt stress og tænkte: "Åh

nej, nu bliver folk irriterede på mig og min forbandede hofte!"
Men den tanke hjalp mig ikke, tværtimod hæmmede det at
være bevidst om, at jeg var til besvær. Imens prøvede min
lillesøster ihærdigt at stikke krykkerne ind under armene på
mig. Men så trådte min storesøster op på øverste trin og råbte
ind i bussen: "Undskyld forsinkelsen! Det skyldes min søster,
der har ønsket at komme i lystbådehavnen og se på flotte
sejlermænd en sidste gang, før hun får frataget krykkerne!"
Alle folk vendte sig for at kigge på os. Der lød latter, og stem-
ningen i bussen summede af fælles oplevelse og munterhed.
Da lød buschaufførens stemme nede fra førersædet: "Flotte
kaptajner? Så kan I da bare blive på bussen og kigge på mig!"
Det lo folk af, og som båret af den gode stemning, kom vi
af bussen, så den kunne fortsætte sin rute. Vi arbejdede os
langsomt hen imod ishuset, og vi gik ved siden af hinanden,
fordi min lillesøster var ved at fortælle om sin ene søn, der
havde været på besøg hos hende i går, og som netop havde
fået en ny, lovende stilling. Hun var tydeligvis stolt over det,
og vi glædede os på hendes vegne et kort øjeblik, før vi be-
gyndte at tale i munden på hinanden om hver vores børn og
børnebørn. Alle sammen klarede sig godt, og det var dejligt
at kunne prale med dem.

Der var kø ved ishuset, og det var godt, for så fik vi tid til
at bestemme os til, hvordan vores is skulle laves. Der var
godt nok mange forskellige slags is. Jeg valgte en vaffel med
tre kugler, så der var rigeligt med is. Jeg skulle ikke nyde
noget af kun at få to kugler for så at opleve, at jeg ikke var
rigtig tilfredsstillet, inden jeg havde spist det hele. Jeg havde
valgt det sikre: vanilje, jordbær og banan og godt med guf
ovenpå. Åh, hvor jeg elskede det lyserøde, klistrede stads.
Hvert år, når vi stod og skulle vælge is, spekulerede jeg på,
om man mon ikke kunne få en vaffel uden is. Tænk at få en

vaffel fyldt med guf. – Jeg havde dog aldrig turdet bede om det, for jeg ville ikke risikere, at folk skulle synes, at jeg var en savlende slikmund. Min lillesøster var supermodig og prøvede altid det nyeste, hvad enten det var rabarbersorbet eller halspastilis. Min storesøster valgte is med den spontanitet, som kendetegnede mange af hendes valg her i livet. Vi satte os hen under et halvtag, hvor der var flere bænke. Det var et skønt, lille picnicområde tæt på havnebassinet med fri udsigt til vandet. Vi havde travlt med at styre hver vores is, og jeg delte servietter rundt, som jeg havde hevet rigeligt ud af servietdispenseren henne ved ishuset. Da vi havde fået lidt styr på det, og vi sad godt, fortalte jeg, at jeg havde fået tildelt hjemmehjælp: en halv time hver fjortende dag. "Hvordan det?!" udbrød min storesøster med munden fuld af is, for alle og enhver vidste jo, at det var nærmest umuligt at få kommunal hjemmehjælp til noget som helst nu om stunder. Kommunerne regnede normalt med, at familien trådte til, hvis deres ældre ikke var i stand til at klare rengøring eller indkøb. Jeg havde da også i første omgang, dengang jeg stod i kø til hofteoperationen, fået et pålæg om at indkøbe en robotstøvsuger. Den del af historien kendte mine søstre, men jeg fortalte den alligevel igen. Problemet var, at den indkøbte robotstøvsuger, hver gang den blev sat i drift, ret hurtigt satte sig fast under min sofa, og så blev den der og udsendte en kraftig støj, indtil den blev hevet løs igen af min nabo, som jeg måtte gå ind og bede om hjælp. En dag, da støvsugeren sad fast under sofaen og larmede infernalsk, var min nabo ikke hjemme. Jeg måtte da lukke døren ind til stuen og vente på, at hun kom hjem, eller at batteriet i støvsugeren gik dødt. Da jeg havde siddet en time i mit køkken, kunne jeg ikke sidde mere på køkkenstolen for hoftesmerte og blev nødt til at gå ind og lægge mig på min seng. "Efter yderligere tre timer holdt støvsugeren endelig kæft!" fortalte jeg og fik, som alle de andre gange, jeg fortalte om det, en stor portion forurettelse i stemmen. Jeg så skiftevis på begge mine søskende for at få medfølelse. Min lillesøster var dog mere optaget af sin is: "Du skulle også have valgt en kugle med rosenbladsis – den smager vidunderligt!" sagde hun. Min storesøster smilede til mig og sagde: "Nå, men nu har du jo fået hjemmehjælp, ikke? – Bare det var mig, for jeg har hørt, at de ansætter flere og flere unge mænd som SOSU'er!" Min lillesøster faldt ind: "Ja, sådan én kunne jeg også godt bruge!" Og min storesøster slog fast: "Sikken en luksuspensionist, du er – og så med ret til at bruge krykker og spærre to sæder i bussen!" - "Årh, hvor er I fjollede!" sagde jeg, og så sænkede roen sig over os, og vi sad i tavshed og nød isen, vejret og den fantastiske udsigt over vandet. Fra vores plads kunne vi se en af de berømte Køgemøller ude i bugten. Havmøllernes tre vinger drejede dovent rundt for den milde brise. I 1700-tallet var Køge kendt for de mange møller som stod nord for bymidten og malede korn til mel. Disse møller blev brugt som landkending ude på havet. Ligeledes, når folk kom rejsende over land fra vest eller nord, var Køges møller et karakteristisk syn på lang afstand. Møllerne med deres roterende vinger lignede grangiveligt høns, der baskede med vingerne, og deraf opstod begrebet Køgehøns. Langt senere, i vor tid, havde vi fået nye Køgehøns i form af otte store kystnære vindmøller. Møllerne indrammede Køge Bugt som perler, der lå i en krans om en stilfuld dames hals og indrammede hendes fine træk. Det var i hvert fald det indtryk, jeg fik, og jeg følte mig et øjeblik som denne stilfulde dame, der var som skåret ud af Køges DNA.

To mænd, i livlig samtale, kom gående på stien hen mod vores bænk, og jeg udbrød: "Oj, hvor er han flot – ham den høje!" – "Vent lige, til vi kan se dem bagfra, før vi udtaler os om, hvem der er den flotteste!" irettesatte min storesøster mig straks, hvorpå min lillesøster udbrød: "Jeg vil nu hellere se, hvad der står på deres bankbøger!" Vi fnisede og kiggede så uhæmmet på de to mænd, at de nok mærkede det, for de skævede hen til os flere gange under deres ivrige samtale. "Ham den høje må du godt få som hjemmehjælper" sagde min storesøster. "Så tager jeg den anden!" – "Jamen du har ikke ret til en hjemmehjælper!" hoverede jeg og satte en skidtvigtig mine op. Da de to mænd passerede os igen på tilbagevejen, sagde min storesøster, henvendt til den høje: "Undskyld, jeg spørger: Men er du tilfældigvis hjemmehjælper?" De stoppede op, og den høje sagde venligt: "Nej, da! Jeg er ingeniør, og dette er en kollega fra USA! Vi arbejder med vedvarende energi." Vi hilste pænt på amerikaneren, og den høje fortalte, at han arbejdede med oplagring af vindmølleenergi. Han arbejdede på et projekt, hvor en ny, lavenergi-boligblok på Køge Kyst fik strøm fra vindmøllerne. Når det blæste så meget, at der var overskydende strøm, blev det automatisk oplagret i en række af batterier til ejendommens fælles elbiler. Når der ikke var vind, kunne de batterier, som ikke var anvendt til kørsel med elbilerne, aktiveres til at sende strøm tilbage til systemet til brug i husholdningen. Alt dette forklarede den høje nærmere og fortalte stolt, at der kom folk til Køge fra hele verden for at studere Køges vindmølleprojekt.

Mine søstre tabte hurtigt interessen og begyndte ugenert at tale om deres børnebørns meritter bag om ryggen på mig. Det var lidt flovt, og jeg var også begyndt at få ondt i hoften af at sidde på bænken, så jeg ønskede de to mænd held og lykke med Køges vindmølleprojekt, og de gik videre. Mine søstre kom på benene og hjalp mig op, og vi påbegyndte hjemturen. Lige pludselig føltes vejen fra picnicområdet og hen til busstoppestedet meget lang. Men det havde været en god tur og spændende at høre om elbiler og vindmølleenergi. Min storesøster sagde til mig: "Hvorfor ender det altid så kedeligt, når vi har dig med i byen?" Og min lillesøster tilføjede: "Ja, ha ha, som en dødssyg foredragsaften, man ovenikøbet skal betale for at være med til!" Vi smågrinte lidt, og jeg sagde: "I er bare misundelige over det med hjemmehjælpen!" Og netop da opdagede jeg, at jeg havde spildt is på brystet af min kjole. Øv, tænkte jeg, ærgerligt: Så havde jeg siddet der som en gammel kone, der burde bruge hagesmæk, imens den høje, flotte ingeniør talte om vindmøllerne. Min lillesøster så, at jeg kiggede ned ad mig selv, og opdagede også ispletten på min kjole: "Du giver mig bare den kjole i næste uge, hvor vi ses, så skal jeg nok få den plet af!" sagde hun venligt. Vi nåede frem til stoppestedet, netop som bussen kom. "Det var hyggeligt! Det må vi gøre om igen næste år," fastslog min storesøster. "Ja, men næste år inviterer jeg altså min hjemmehjælper med i stedet for jer!" sagde jeg og sendte dem mit mest arrogante blik. "Ja, det er du nok nødt til, når du ikke engang kan spise en is uden at svine dig til!" gav de igen, hvilket de syntes var hylende morsomt. Inden vi gik hver til sit, bemærkede min lillesøster, at vi nok havde kaglet som en flok høns på vores udflugt i dag. "Ja, som Køgehøns!" sagde jeg: "Sprængfyldt med energi!" – Jeg var i hvert fald opfyldt af glæden ved at have hørt om havmøllerne og høj af is og guf. Det havde været en vellykket udflugt, og den aften gik jeg i seng med følelsen af at have det som blommen i et æg. Der var ikke noget at sige til, at jeg vågnede frisk som en havørn næste morgen. Køgehøns og isvafler, det er en god kombination, tænkte jeg og satte vand over til kaffe. Imens kaffemaskinen gurglede lystigt, fandt jeg min telefon frem for at ringe til mine søstre for at sige tak for i går.